Du même auteur

Toccata, Op der Lay, *2007*

De Profundis, Op der Lay, *2009*

In Articulo Mortis, Guy Binsfeld, *2011*

Les corbeaux de Greenwood, Guy Binsfeld, *2012*

Luxembourg Zone rouge, Op der Lay, *2019*

Victor, pierre-decock.com, *2020*

Le réseau Raspoutine, pierre-decock.com, *2020*

LEA M'ATTENDRA

PIERRE DECOCK

ISBN 978-2-9199684-2-8

Éditions Crime.lu
Baobab Luxembourg sàrl.
9, rue Nic Wirtgen
L-8338 Olm
www.crime.lu
www.pierre-decock.com

Malgré le réalisme de ce récit, ce que vous allez lire est une œuvre de fiction. Toute ressemblance avec des personnes existantes ou ayant existé serait totalement fortuite. Libre à vous d'imaginer le contraire.

MERCREDI

I.

Charles Grangé ouvrit lentement les yeux.

Un terrible mal de tête lui vrillait les tempes… un réveil difficile… une gueule de bois… mais non, ce n'était pas ça. Il n'était pas dans sa chambre. Il était seul, étendu sur un sol froid et humide. Il avait les mains entravées dans le dos, ce qui le maintenait dans une position douloureuse, et autour de lui, rien d'autre qu'une angoissante obscurité.

Il tenta de maîtriser la panique qui monta soudain en lui. Que faisait-il là ?

Peu à peu des images lui revinrent, émergeant du brouillard et de sa semi-conscience.

La voiture. Les types. Qu'est-ce qu'ils me veulent ? Pourquoi suis-je ici ?

Ses yeux s'habituaient lentement à l'obscurité. Il distingua vaguement une paroi de tôle ondulée, des poutrelles en acier qui devaient soutenir un toit assez haut. Il se trouvait dans un hangar, une grange, un hall d'usine peut-être.

À nouveau, il fut saisi par la peur. Il était tel un animal pris au collet, incapable de bouger, attendant son sort, l'obscurité ajoutant encore à son effroi. Les minutes passèrent doucement et son cerveau se remit à fonctionner. S'il était vivant, c'est qu'on espérait quelque chose de lui. Mais quoi ?

Il appela.

II.

Cinq heures plus tôt...

– Tu ne reprends pas un café ?

Charles Grangé se leva et repoussa la chaise contre le bar qui séparait la cuisine du salon.

– Non merci. Je dois y aller.

– Je t'avais acheté un croissant fourré. Tu ne le prends pas ?

– Si, merci, je l'emporte, je le mangerai au bureau. J'ai du boulot par-dessus la tête.

Alicia rangeait dans le lave-vaisselle les tasses de leur trop rapide petit-déjeuner.

– Moi aussi... Un dossier à remettre avant ce soir.

Alicia Grangé travaillait à la Cour de justice. Un job important, mais qui était toujours resté pour son homme une obscure activité de juriste. Son truc à lui, c'était les chiffres, les plannings, autant de domaines totalement étrangers à son épouse et d'ailleurs plutôt confidentiels. Pour toutes ces raisons, ils ne parlaient jamais boulot et c'était tant mieux.

– Tu rentres tard ?

– Non, je ne crois pas.

– Je te rappelle que c'est à ton tour de préparer le dîner.

Grangé enfila sa veste et se dirigea vers la porte d'entrée.

– Pas de problème. Je passerai par le Match acheter ce qu'il nous manque.

– Il faudra aussi qu'on parle.

Le jeune homme avait la main sur la poignée de la porte et il se retourna.

– De quoi ?

– Tu le sais très bien. Systématiquement, dès que j'évoque le sujet, tu t'éclipses.

Il soupira. Évidemment, encore cette histoire.

– Oui, je le sais très bien. Tu reviens tous les jours à la charge avec ça. Chaque chose en son temps, je t'ai déjà dit. On attend la fin de ton stage, on trouve un appart plus grand et puis on verra.

– On verra, on verra...

Alicia avait froncé les sourcils. Comme à chaque fois où elle était soucieuse ou mécontente, une petite ride se dessina sur son front.

Son mari déposa sa serviette et revint l'embrasser. Il caressa ses cheveux blonds.

– J'y pense, je te le jure. Oui, on en reparlera.

Puis il quitta l'immeuble en vérifiant au passage le courrier. Rien. Le facteur était encore en retard.

La météo avait annoncé une journée plutôt agréable, pourtant c'est un air froid et un ciel couvert qui l'accueillirent dehors. Seul un petit rayon de soleil éclairait le chantier du nouveau quartier d'habitation qui s'élèverait bientôt face à son immeuble. D'ici peu, il en serait définitivement fini de cette jolie vue sur les prés et les champs bordant la route. Le Luxembourg était pris d'une folie d'urbanisation qui le déconcertait.

Charles Grangé appuya sur sa clé. Par un petit bip, l'Audi garée devant la maison lui souhaita la bienvenue.

Une fois au volant, il se remémora les derniers échanges avec Alicia. Cet enfant, elle en parlait depuis des mois. Mais ce gosse qu'elle voulait, c'était comme un piège qui se refermait sur lui. La responsabilité de ses projets, il l'assumait ; celle d'un second mariage, il pouvait gérer ;

ses dettes, il finirait par les rembourser ; un nouveau prêt hypothécaire, il pouvait le supporter... mais un gosse, c'était tout autre chose.

Pourtant, depuis son divorce d'avec Clémence, il avait les disputes en horreur. Sa nouvelle vie avec Alicia, il voulait la réussir à tout prix et il lui faudrait bien affronter cette question, envisager le pire : se retrouver avec une famille à charge ! Il secoua la tête et s'efforça de penser à autre chose. Son travail l'attendait. Perdu dans ses réflexions, il venait d'ailleurs d'arriver à l'échangeur de Capellen.

Le site sur lequel il travaillait était situé à Mamer, dans d'anciennes casernes de l'armée luxembourgeoise. Aujourd'hui, ces bâtiments abritaient un centre confidentiel de l'OTAN. Pour le commun des mortels, l'activité que Charles Grangé y exerçait semblait n'avoir rien de palpitant. Il était question de budgets, de projets d'investissement, de plannings, de maintenance, de charges techniques, et pourtant, plongé dans ses dossiers, Grangé était en connexion directe avec les tourments que vivait la planète, les conflits, les guerres d'aujourd'hui et de demain. Un projet d'ailleurs retenait actuellement toute son attention, et il se gardait bien de s'en ouvrir à son épouse Alicia.

Un coup de sirène et un éclat de lumière bleue le tirèrent de sa rêverie. Un van banalisé muni d'un gyrophare venait de se positionner devant lui. Zut ! Il avait dû oublier de contrôler sa vitesse. Il allait à nouveau se payer une amende, ou pire perdre deux points d'un permis déjà bien déplumé.

Il s'engagea derrière la police dans la zone d'activité qui bordait la route d'Arlon. Les flics s'arrêtèrent et sortirent de leur van. Ils étaient en civil et n'avaient pas l'air contents. Alors que Grangé descendait sa vitre, ils s'approchèrent. L'un d'eux se pencha vers lui. Il avait une gueule de boxeur, le genre de gars avec lequel on n'a pas trop envie de discuter.

– Sortez du véhicule !

Grangé obtempéra, tout en bredouillant.

– Je… je roulais trop vite ? Désolé, j'étais distrait, mais…

– Suivez-nous !

Le boxeur lui désigna le van. Il en ouvrit la portière et lui fit signe de monter.

Dans la tête de Charles Grangé, c'est comme un signal rouge qui s'alluma. Il hésita.

– Mais quel est le problème exactement ? Vous êtes qui, en fait ? Vous avez une plaque ? Une carte ?

Une poussée. Sa tête heurta l'encadrement de la portière et il fut projeté à l'intérieur. Il se sentit écrasé, incapable de bouger, puis on pressa quelque chose contre sa bouche, une odeur sucrée, pénétrante. Et ce fut le vide.

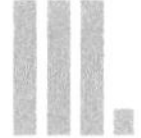

Le brigadier-chef Mike Berend venait de prendre son poste. Le regard clair, une barbe bien taillée, un physique plutôt avantageux que le manque d'exercice avait rendu un peu empâté. Dix ans d'ancienneté et déjà blasé, Berend détestait les imprévus. Heureusement, on était mercredi, une journée souvent calme dans un quartier qui ne connaissait qu'une délinquance très occasionnelle. La seule chose qui risquait de gâcher sa matinée, c'était ce rapport qu'il devait rédiger au sujet des nuisances nocturnes d'un café installé récemment dans la rue principale.

La porte vitrée du commissariat s'ouvrit pour livrer le passage à une dame très agitée. Une autre source de problème en perspective. Il avait ce genre de personnage en horreur. Grande, blonde, cette femme s'était visiblement coiffée et habillée en vitesse. Elle avait une tache de mascara sous la paupière et un coin de son chemisier dépassait inélégamment de son tailleur.

– Que puis-je pour vous, madame ?

– Mon mari a disparu ! Vous pouvez m'aider ? Qu'est-ce que je dois faire ?

La dame avait un accent étranger aux intonations chantantes. Elle parlait vite. Nerveuse.

– Votre mari ? Mais quel âge a-t-il, votre mari ?

– Trente-trois ans, pourquoi ?

– C'est un adulte, madame. Il fait ce qu'il veut.

Elle insista.

– Je l'ai attendu toute la nuit, ce n'est absolument pas normal, il ne quitterait jamais la maison aussi longtemps sans me prévenir !

– C'est ce que pensent toutes les épouses, répondit négligemment Berend.

Il en savait quelque chose, lui qui avait quitté sa femme deux ans plus tôt sans un mot d'adieu.

– ...et d'ailleurs, poursuivit-il, quel est votre nom, madame ?

– Galera, Alicia Galera.

– Alors madame Galera, vous allez vous calmer, rentrer chez vous et attendre que...

– Mais puisque je vous dis que ce n'est pas normal !

Pas contrariante, la jeune fille emmena la visiteuse dans l'un des bureaux à l'arrière du commissariat. Elle y fit asseoir la dame. La pièce donnait plein sud et était agréablement éclairée par la lumière du jour, et avec le double vitrage, on y était au calme.

– Je suis le brigadier Nicky Roeder. Vous voulez un verre d'eau ? Un café ?

La visiteuse sembla quelque peu s'apaiser.

– Non merci... Je dois vous réexpliquer ce que j'ai raconté à votre collègue ?

– Oui, s'il vous plaît.

Alicia Galera confia donc à la jeune policière ce qui l'alarmait à ce point. Nicky Roeder avait plissé les yeux et s'était penchée sur le bureau, la tête posée sur ses poings. Non, cette femme n'était pas folle. Son mari avait disparu depuis vingt-quatre heures et toute personne sensée s'en serait également inquiétée. Il fallait être borné comme

Berend pour n'y voir que les manifestations d'une hystérique.

– Pardon pour cette question indiscrète, madame Grangé, mais comment allait votre couple ?

– Normalement, il me semble... avec de petits désaccords de temps à autre, comme dans tous les couples je pense.

Elle roulait un peu les « r », mais s'exprimait en français avec beaucoup d'élégance. Nicky Roeder feuilleta distraitement le passeport que lui avait spontanément tendu la jeune femme. Alicia Galera Gómez, née à Madrid, le 12 janvier 1992.

– Vous vous êtes disputés avant qu'il ne quitte votre domicile ?

– On a eu une discussion, sans plus, mais on n'était pas fâchés.

– Vous vous connaissez depuis longtemps ?

– Quatre ans. J'ai rencontré Charles peu après son divorce. Nous vivons ensemble depuis. Nous avons acheté un appartement l'année dernière et nous nous sommes mariés. Nous pensons aussi avoir un enfant... peut-être.

Le regard d'Alicia Galera se voila et, un peu troublée, la petite Nicky resta un instant sans rien dire.

– Il avait des soucis ? Des problèmes ?

– Son ex-épouse lui en a causé pas mal. Il lui devait de l'argent et elle est à l'affût du moindre euro, mais ça s'était calmé ces derniers mois.

– Vous avez appelé à son travail ?

– Il n'y est pas, et personne ne veut me donner d'explications. Ils ont de temps en temps des missions, ou des choses de ce genre, mais Charles ne m'en dit jamais jamais trop. Il n'y a pas longtemps, il est parti deux semaines. J'ai appris ensuite qu'il était allé au Kosovo. Il voyage aussi souvent en Pologne ou dans les pays de l'Est, parfois pour quelques jours aux États-Unis.

La jeune policière fronça les sourcils.

– Mais votre mari, c'est quoi son travail ?

– Il est comptable ou financier, je ne sais pas exactement.

– Où ça ? Pour quelle entreprise ?

– C'est un peu spécial, il n'aime pas en parler. C'est la NSPA, un site de l'OTAN à Capellen ou Mamer.

L'OTAN ? Nicky n'était pas au courant, mais ça rendait cette disparition vraiment inquiétante... si du moins elle se confirmait. Mais il était inutile d'affoler davantage cette femme qui était déjà dans tous ses états.

Alicia Galera ouvrit son sac et en sortit une photographie qu'elle tendit à la jeune policière.

– Je vous ai apporté une photo récente de mon mari. Peut-être cela pourra-t-il vous être utile ?

Nicky découvrit sur le papier glacé un homme souriant au visage avenant, des yeux clairs, de petites lunettes sans monture qui lui donnaient une allure intellectuelle.

– Bon, écoutez, je vais voir ce que je peux faire. À ce stade, vous ne devriez pas trop vous inquiéter. C'est peut-être un malentendu, ou un problème lié à son travail. J'ai lu ce matin les rapports des dernières vingt-quatre heures : on ne nous a signalé ni accident grave ni agression.

Nicky Roeder lui remit une carte de visite.

– Si votre mari se manifeste, ou si vous avez des nouvelles, appelez-moi sans hésiter. De mon côté, je vous tiendrai au courant. Gardez votre téléphone sous la main.

Elle reconduisit la visiteuse et la regarda s'éloigner vers le parking.

– Encore une hystérique, commenta Berend quand Nicky Roeder le rejoignit à l'accueil.

– Pas sûr. Je ne pense pas que son mari serait parti comme ça sans laisser au moins un mot ou sans passer ensuite un coup de fil.

– Laisse tomber. On voit que tu ne connais pas bien les hommes.

– Je vais quand même me renseigner.

Berend soupira.

– C'est beau la jeunesse ! Bon, renseigne-toi si tu veux. Tu verras que tu perds ton temps. Demain, ce type sera de retour avec une trace de rouge à lèvres sur le col !

Au fond d'elle-même, Nicky Roeder n'en croyait pas un mot.

Dans un ultime effort Charles Grangé parvint enfin à se redresser. Il gémit ; en glissant le long du poteau auquel il était attaché, les liens lui avaient entaillé les poignets.

Visiblement il faisait jour, car un peu de ciel bleu apparaissait entre les tôles du toit. De la poussière en suspension dansait dans un rai de lumière. Grangé distinguait maintenant mieux ce qui l'entourait. Dans un coin, une sorte de machine agricole, dans un autre des bidons, et des bottes de paille entassées jusqu'au plafond sur l'un des côtés.

Charles Grangé portait toujours son costume de la veille. On lui avait enlevé sa cravate, peut-être pour éviter qu'il ne s'étrangle alors qu'il était inconscient. Mais que lui voulaient ses agresseurs ? Tout son argent était passé dans l'apport pour l'appartement qu'il avait acheté avec Alicia. Alicia elle-même avait quelques réserves depuis la mort de son père, mais en quoi cela justifiait-il un enlèvement ? Non, la raison de son enlèvement, il ne pouvait se le cacher, était en lien avec son travail !

Son travail... un obscur boulot de comptable croyaient certains. Mais un boulot dans lequel il jouait en réalité avec les secrets d'un monde en plein bouleversement.

À cette heure-là, il aurait dû être au bureau, potassant ses dossiers. Plus tard, il aurait pris un café avec Steve. Ils auraient discuté des projets pour le prochain week-end. Puis du menu de la cantine... Grangé aurait payé une fortune pour se retrouver dans cette ambiance feutrée, parcourir les couloirs un mug à la main, saluer les collègues.

C’est dingue la dimension que pouvaient prendre en ces circonstances les choses les plus anodines.

À cet instant, la porte de la salle grinça et une silhouette sinistre se dessina dans l’entrebâillement.

V.

Nicky Roeder passa la matinée sur les fichiers de la police. Tout ça était encore nouveau pour elle et elle s'en voulait un peu d'avoir joué les pros auprès de cette dame en détresse. Mais elle souhaitait l'aider, coûte que coûte. Son désespoir était sincère et elle était certaine que son mari avait un sérieux problème. Lequel ? Elle n'en savait toujours rien, mais la curieuse nature de son travail intriguait profondément la jeune policière.

Dans le fichier des immatriculations, elle retrouva facilement le véhicule de Charles Grangé. Une Audi Q3 immatriculée HL6767. À tout hasard, elle vérifia que ce véhicule n'avait pas été flashé par l'un des radars qui jalonnaient les routes du pays, ou, pire, impliqué dans un accident. Rien.

Elle appela également l'hôpital Kirchberg qui était de garde la veille, mais la réponse fut catégorique : personne ne pouvant s'apparenter à Charles Grangé n'était entré aux urgences.

Elle passa voir son collègue, toujours aux prises avec son rapport sur les nuisances nocturnes.

– Dis, Mike ?

Il releva la tête.

– On pourrait lancer un avis de recherche de personne disparue ?

– Quoi ? Tu es encore avec cette histoire ?

– C'est que je pense vraiment que cette dame a raison de s'inquiéter.

– Non, mais qu'est-ce que tu crois ? Lancer pour ça un avis de recherche ? Certainement pas ! Ce n'est pas à nous de faire ça et puis si ça se trouve, son mec est déjà à la maison.

– Mais sa voiture, ça on pourrait ?

– Tu perds ton temps, je t'ai dit. En plus, nous allons nous ridiculiser.

– Qu'est-ce qu'on risque ?

– Tu m'agaces, Nicky. Vivement que tu prennes un peu de la bouteille, tu apprendras comment t'éviter des ennuis et un surcroît de travail inutile !

– Moi, je signalerais le véhicule.

Elle restait devant lui, les bras croisés. Quelle bourrique cette fille !

Finalement, il soupira.

– Bon, oui, on peut signaler le véhicule.

– Tu t'en occupes ?

– Et puis quoi encore ?

Elle le fixa de ses yeux noisette.

– S'il te plaît.

Une fois de plus, il céda.

– Tu pourras au moins informer toi-même le commissaire ?

– C'est promis, merci Mike.

Et elle lui accorda son plus joli sourire.

– Je suis trop con, lâcha Berend entre ses dents.

VI.

En ce début d'après-midi, Nicky s'ennuyait ferme. C'est Berend qui filtrait les appels et il n'avait pas son pareil pour écarter les fâcheux.

– Oui, nous sommes au courant, madame. Merci de nous avoir contactés.

– Oui, c'est cela, déposez une plainte et nous agirons.

– Bien entendu, nous allons vérifier. Au revoir, monsieur.

De toute façon, considérant sa jeune collègue comme trop novice, il évitait de lui filer des tâches qu'il estimait réservées aux fonctionnaires de police expérimentés. De ce point de vue, lui confier la dame de ce matin avait d'ailleurs été une erreur.

Toujours préoccupée par son entrevue avec Alicia Grangé, Nicky végétait donc seule derrière son bureau. Elle avait rédigé un mail à l'attention du commissaire l'informant de la recherche qui avait été lancée pour le véhicule. Il était inutile d'espérer avoir rapidement des nouvelles de ce côté. Cette voiture pouvait être n'importe où dans le pays... voire ailleurs. La jeune policière chercha donc à obtenir des informations de la part de la boîte de Charles Grangé, la fameuse NSPA évoquée par son épouse. Des réponses polies l'avaient égarée dans tous les recoins de cette vaste organisation. Avec pour tout résultat une chose certaine : Charles Grangé n'était pas au bureau. Pour le reste, c'était motus et bouche cousue. Impossible d'en savoir plus sur ses activités, alors que celles-ci étaient peut-être la cause de sa mystérieuse disparition.

Mais était-il vraiment un simple comptable comme le pensait son épouse ?

Excédée par le mutisme de l'employeur de Grangé, elle décida de se rendre sur place et quitta son bureau.

– Tu vas où comme ça ?

– Quelque chose à vérifier. Je reviens vite !

Trop tard pour la rattraper !

Nicky prit la voiture de service et se dirigea vers la route d'Arlon. On était mercredi et des enfants revenaient de l'école, leur sac sur le dos. La policière s'arrêta en amont du passage pour piétons et les regarda traverser. Elle sourit en les voyant galoper sur leurs petites jambes. C'était pour elle une époque si lointaine et pourtant encore si proche.

La radio grésilla. Un camion s'était renversé sur l'A1. Ça allait être une fois de plus une fameuse galère pour les frontaliers. Puis, une camionnette en feu au Belair. Mais évidemment, aucune nouvelle de la voiture de Charles Grangé, et pas de nouvelles non plus de son épouse Alicia. Si son mari avait donné signe de vie, elle n'aurait pas manqué de l'avertir. Tout ça devenait vraiment préoccupant. Pourquoi Berend ne s'en rendait-il pas compte ?

Nicky Roeder s'engagea dans l'une des rues de Mamer et arriva à destination. Elle se gara à l'extérieur du site de la NSPA et se présenta à pied à l'entrée. Un petit bâtiment sur la gauche était le passage obligé des visiteurs.

Elle avait à peine posé le pied à l'intérieur qu'un type l'intercepta ! C'était un gamin, pas plus âgé qu'elle. Il se dressait derrière son bureau, raide comme un garde du palais de Luxembourg.

– C'est à quel sujet ?

– Brigadier Roeder, de la Police grand-ducale. J'ai des questions au sujet de l'un de vos employés.

Elle lui présenta sa carte qu'il examina avec circonspection.

– Pour ça, vous devez voir Frederiksen, le chef de la sécurité.

On la fit patienter quelques minutes jusqu'à ce qu'une secrétaire vienne la chercher. La cinquantaine, d'épaisses lunettes, un tailleur triste, des souliers plats. Elle sourit à peine et conduisit la jeune policière jusqu'à un bureau.

Les murs étaient décorés de trophées divers, basket, tir, judo, et de photos d'hommes en uniforme sur fond de montagne ou de désert. Derrière le bureau, un individu aux épaules carrées regardait Nicky s'approcher.

– Ce n'est pas tous les jours que nous avons le plaisir d'avoir la visite de la police… Asseyez-vous.

Elle s'installa sur l'inconfortable chaise visiteur. Son hôte s'impatientait déjà.

– Je vous écoute !

– Voilà… il est possible que l'un de vos employés ait disparu.

– Quel est le nom de cet agent ?

– Charles Grangé.

– En effet, il ne s'est pas présenté au travail depuis hier. Nous menons les investigations nécessaires.

– Quelles sont les responsabilités de Charles Grangé ?

Anders Frederiksen était un ancien militaire. Il en avait gardé certains attributs. Une forte carrure, une voix grave, des cheveux blancs coupés en brosse et des manières un peu rudes.

Policière ou pas, il n'avait pas envie de s'en laisser compter par cette gamine !

– Je ne suis pas autorisé à divulguer des informations sur notre organisation.

– Votre organisation ne m'intéresse pas. Je veux en savoir plus sur les fonctions de Charles Grangé et que vous m'expliquiez si sa disparition peut être liée à son travail.

– Je ne suis pas autorisé à vous dire quoi que ce soit à ce sujet.

– Vous avez bien un système d'accréditation, d'accès aux documents ?

– Évidemment ! Nous ne sommes pas dans une épicerie !

– Quel était son niveau d'accréditation ?

– Je n'ai pas à vous communiquer cette information.

– Avait-il accès à des documents hautement confidentiels ?

Frederiksen commençait à fatiguer et il hésita.

– Oui, en effet, c'est possible.

– Et donc, cet employé ayant accès à des documents confidentiels a disparu et ça ne vous inquiète pas plus que ça ?

– Sur ça aussi, je n'ai rien à vous communiquer. Nous menons des investigations, je vous dis, et à ce stade, cela ne regarde pas la police.

Nicky quitta le bureau.

– Quel con !

Elle avait parlé trop fort… Alors qu'elle passait, le planton se retourna et sourit.

L'homme que Grangé avait vu pénétrer dans le hangar tourna un interrupteur, ce qui éclaira soudain la pièce d'une vive lumière. Le prisonnier cligna des yeux.

Il avait en face de lui le faux policier qui l'avait fait sortir de sa voiture, un homme chauve avec un nez de boxeur. Il portait un costume trop serré qui faisait ressortir son épaisse musculature. Derrière lui, un second type tout aussi sinistre fit son entrée ; longiligne, les joues creuses, un visage taillé à coups de serpe.

– Qu'est-ce que vous me voulez ?

Le boxeur s'approcha, un vilain sourire aux lèvres.

– Monsieur Grangé, nous avons simplement quelques questions à vous poser. Répondez-y gentiment et vous serez de retour chez vous très bientôt.

Il parlait un excellent français, mais avec une pointe d'accent étranger.

– Que voulez-vous savoir ? Je ne suis qu'un comptable. Je m'occupe de trésorerie, de notes de frais et je...

– Je sais exactement qui vous êtes, monsieur Grangé ! Nous savons que vous travaillez pour le NATO et nous savons aussi quels projets vous avez en charge.

– Oui, je travaille pour l'OTAN, mais je n'ai pas de projets en charge. Je ne m'occupe que de la compta et du budget de la maintenance.

L'homme fit mine de ne pas avoir entendu sa réponse et se pencha vers son prisonnier.

– Que savez-vous d'Erint ?

Nom d'un chien ! Comment sont-ils au courant de ce truc ?

– Je ne vois pas de quoi vous parlez.

Brusquement, le boxeur saisit Grangé par le col de sa veste et le souleva du sol comme il l'aurait fait d'un vulgaire sac de patates. Puis, il hurla, lui postillonnant dans la figure.

– Je te donne dix minutes pour tout déballer… si tu ne le fais pas, tu crèves ici. Et tu crèveras après que je t'aie découpé en morceaux !

Le type ne rigolait pas et Charles Grangé ne se sentait pas l'âme d'un héros. En cet instant, il songea à Alicia et à leurs projets… Avoir un gosse, deux peut-être. Il balbutia :

– Oui, que voulez-vous savoir ?

– Tout. Les sites, les plannings, les budgets prévus, année par année, pour chacun des pays concernés.

Sur un signe, le second de ses tortionnaires le libéra de ses liens.

Affichant toujours son vilain rictus, le boxeur tendit à Grangé un cahier d'écolier et un stylo à bille.

– Allons-y, monsieur Grangé. Prenez votre temps. Nous attendons.

Et Charles Grangé se mit à écrire.

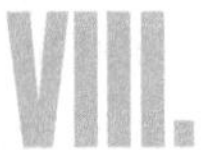

Quand Nicky sortit de sa voiture, nerveuse, elle regarda une nouvelle fois sa montre... 18 heures 15 !

Elle se présenta un peu essoufflée à la porte d'une petite maison aux murs jaunes de la rue de Mamer, à Bertrange. La sonnette était au nom de Fernanda Da Silva. La jeune fille allait appuyer sur le bouton-poussoir quand une dame lui ouvrit, un bébé dans les bras.

– Tu as vu l'heure, Nicky ?

– Oui, je suis désolée.

Elle entra, s'essuya les pieds sur le paillasson, puis poursuivit.

– Je vous avais prévenue que je serais parfois en retard.

– Oui, parfois. Mais ça fait trois fois cette semaine.

Elle lui tendit l'enfant.

– Elle a bien mangé. Je lui ai donné son bain. Le lange est propre.

– Merci, madame Da Silva. Et encore toutes mes excuses.

– À demain.

– Oui, à demain.

Le bébé babilla gaiement en tirant sur une mèche de cheveux de Nicky.

– Pardon, ma petite Lea. Tu as une mère indigne. C'est auprès de toi que ta maman devrait s'excuser.

– Mama, mama, répéta la petite tandis que Nicky l'attachait dans son siège-bébé.

La conductrice roula prudemment. Le soir tombait et les néons orangés semblaient s'allumer à son passage. Elle n'habitait pas bien loin. Quelques minutes plus tard, elle pénétrait dans le parking en sous-sol de sa résidence. Lea s'était endormie et ne broncha pas quand sa mère la transporta précautionneusement depuis son siège-bébé jusqu'à son lit.

La jeune femme regarda un moment la petite qui dormait, tranquille. Malgré cette vision apaisante, elle n'avait nulle envie de se coucher. Elle passa dans le salon et baissa les stores.

Nicky vivait dans un deux-pièces, au premier étage d'une résidence, avec une vue imprenable sur une autre résidence, en tous points pareille.

Installée sur le divan, elle picorait dans un plat réchauffé au micro-ondes en ruminant les reproches de sa nourrice. Elle s'en voulait. Combien d'heures avait-elle passées avec sa fille depuis une semaine ? Beaucoup trop peu. Et toutes ces précieuses minutes étaient perdues à jamais.

Lea avait presque un an. Quand Nicky Roeder s'était retrouvée enceinte, elle avait tout d'abord paniqué. Elle croyait avoir été prudente, mais le père était sans doute ce sympathique ingénieur rencontré en vacances et dont elle ne connaissait que le prénom. Elle avait alors envisagé toutes les solutions. Après une première échographie, elle découvrit ce petit cœur qui battait, cette étincelle de vie. Elle avait craqué. Ce gosse, elle le garderait. Au bureau, la nouvelle fut accueillie avec des sourires forcés, et quoi qu'en dise le commissaire, son congé de maternité n'avait pas fait du bien à son avancement. Mais Lea éclairait ses jours et Nicky n'avait aucun regret.

Pourtant, s'étaient rapidement posés de solides problèmes pratiques. En l'absence de père, comment poursuivre sa carrière avec un bébé à charge ?

La mère de la jeune femme, après s'être indignée de l'insouciance de sa fille, s'était proposée pour garder Lea. Ce n'était probablement qu'un moyen de lui mettre le grappin dessus, aux dépens de son irresponsable de fille. Tout plutôt que ça... quitte à endurer les reproches permanents de madame Da Silva.

La naissance de Lea avait été une épreuve. Douze heures en salle d'accouchement avec des contractions qui ne venaient pas comme il fallait. Quand finalement elle s'était retrouvée dans sa chambre avec Lea dans les bras, Nicky ne savait pas si elle pleurait de joie ou de désespoir.

Elle était seule. Une mère chiante, un père décédé, des collègues qui ne la comprenaient pas. Quant aux amies d'antan, elles étaient si loin. Étonnamment ce n'était pas son entrée dans la police qui les avait éloignées, mais la maternité. Elles continuaient à faire la fête et prolongeaient leurs soirées en boîte, tandis que Nicky, fatiguée par sa grossesse, les laissait en plan. À force de faire faux bond, elle avait acquis une image de rabat-joie. En fait d'amis, il lui restait Sandra, sa copine de classe, et Michael, un bon copain, un peu lourd, qui devait être secrètement amoureux d'elle. D'un côté, elle était contente de pouvoir compter sur madame Da Silva. C'était une personne de confiance et que Nicky connaissait depuis toujours. Elle avait travaillé à l'époque avec sa maman et malgré ses airs bougons, elle était pour la jeune fille plus une sorte de tante qu'une simple nounou. La rémunération qu'elle demandait était d'ailleurs assez symbolique, surtout au vu des horaires irréguliers qui étaient les siens.

Nicky jeta le reste de lasagne dans la poubelle et alluma la télé. Rien d'intéressant.

Finalement, la fatigue de la journée la saisit. Elle passa à la salle de bains, se déshabilla, se brossa les dents et, vêtue d'un simple tee-shirt, elle se rendit dans sa chambre. Elle prit soin de laisser la porte ouverte, au cas où Lea se réveillerait, ce qui, heureusement, n'arrivait plus depuis plusieurs semaines.

Il était vingt-trois heures, la lumière s'éteignit et Nicky Roeder s'endormit. Une nuit paisible que les rares bruits de la rue ne vinrent pas troubler.

I.

La matinée de ce jeudi, Nicky Roeder la passa en patrouille avec son collègue Berend. Ils parcouraient les artères de la commune, lui au volant, elle, enfoncée dans le siège passager. Secrètement, elle aurait voulu apercevoir la voiture de Charles Grangé, mais c'était sans grand espoir. Il n'avait rien à faire dans ce secteur.

Les villas et immeubles d'habitation défilaient. Vides. Les quartiers résidentiels étaient paisibles, désertés. Le bourgeois était au turbin.

Nicky appuya la tête contre la vitre.

– Ça ne sert à rien.

– Quoi donc ?

– De tourner en rond ainsi à du vingt à l'heure.

– Ce sont les instructions. On assure notre présence. On rassure le citoyen. Point.

– Tu as déjà coincé quelqu'un, comme ça, en te baladant dans les rues ?

– Non. Mais c'est ainsi !

– À pied, en civil, on aurait plus de chances.

– Oui, mais je préfère la bagnole, c'est plus sûr.

– Plus sûr pour qui ?

Ils allaient encore se disputer et Nicky préféra en rester là.

– Tu as du neuf pour la voiture ?

– La voiture ?

– Celle du type qui a disparu.

– Non. Pas de nouvelles. On verra au bureau.

Sur le coup de midi, la jeune femme s'éclipsa au centre commercial de la Belle Étoile pour faire ses achats de la semaine et manger un sandwich. Elle se sentait mieux au milieu de la foule. Plusieurs personnes qu'elle ne connaissait pas la saluèrent. Le prestige de l'uniforme, se dit-elle en souriant. Dans ses habits de tous les jours, ces gens ne l'auraient même pas remarquée.

De retour au commissariat, Nicky Roeder rongeait son frein. Finalement, un peu en désespoir de cause, elle rappela Alicia Galera dont elle restait sans nouvelles depuis la veille.

– Madame Grangé ? C'est Nicky Roeder… la police. Je voulais savoir comment vous alliez.

– Pas bien. Charles n'a pas appelé, son téléphone ne répond toujours pas. Je suis terriblement inquiète. Je suis restée en télétravail, au cas où. Vous n'avez rien de neuf de votre côté ?

– Non. On tente de retrouver sa voiture. Toutes les patrouilles ont son signalement. Ça ne saurait tarder.

– Je ne sais pas si ça doit me rassurer.

Sans doute pas, en effet. La dernière fois qu'on avait retrouvé dans les bois un véhicule disparu, c'était un suicide.

– Encore une question, madame : votre mari, en dehors de vous, qui fréquente-t-il ?

– De vieux copains laissés à Paris qu'il voyait une ou deux fois par an. Puis, quelques collègues. Il ne se liait pas facilement.

– Ces collègues, vous avez leurs noms ?

– Il y a surtout Steve, Steve Steenbrink, un Hollandais.

– Ils sont proches ?

– Plutôt, oui. Ils se connaissent depuis toujours. Ils ont longtemps travaillé ensemble. Ils sortent, regardent le foot, jouent au tennis et parfois s'offrent une virée dans le Bordelais pour acheter du vin.

– Vous avez l'adresse de Steve Steenbrink ?

Alicia Galera dicta et Nicky prit note.

C'était à Bridel, rue de Schonfels, donc pas bien loin. Elle avait encore le temps de s'y rendre sans se créer des problèmes avec sa nourrice.

Berend la vit passer en trombe. Il était au téléphone. Il posa la main sur le combiné et l'interpella.

– Où vas-tu encore, Nicky ?

– T'inquiète pas, j'en ai pour une demi-heure, un truc à éclaircir.

– Ben voyons ! Et je dis quoi si le commissaire rapplique ? Que tu es partie faire du shopping ?

Mais sa collègue était déjà loin.

Un quart d'heure plus tard, au volant du véhicule de service, Nicky Roeder remontait la rue de Schonfels. Elle regardait distraitement l'alignement de villas, cernées par de jolis jardins et des haies bien taillées. Volontiers, elle aurait échangé son appartement contre l'une de ces maisons, mais il ne fallait pas trop rêver. Elle s'arrêta finalement devant la villa de Steenbrink.

Pas mal non plus, cette modeste demeure.

Nicky monta les marches et sonna… Pas de chance, il n'était pas chez lui. Un véhicule stationnait pourtant dans la pente du garage. Une Porsche Carrera. Comme la jeune femme était en uniforme, elle préféra patienter dans la voiture, histoire de ne pas intriguer les voisins.

Elle n'eut pas longtemps à attendre. Peu après, un type rappliquait en sueur. Un petit homme rond, attifé d'un survêtement et de baskets fluo. Elle l'appela alors qu'il arrivait sur le perron de la villa.

– Monsieur Steenbrink ? J'aimerais vous parler.

L'homme parut surpris, mal à l'aise, mais Nicky ne put déterminer si c'était les conséquences d'un footing trop long ou la vue de son uniforme.

– Il y a un problème ?

– Nous devrions peut-être entrer.

– Oui, bien sûr.

Il chercha nerveusement à détacher sa clé qu'il avait ficelée à son lacet. Quand il y parvint enfin, il la laissa échapper et elle tomba sur les marches.

– Merde.

Une fois la porte ouverte, il fit entrer Nicky Roeder et se dirigea vers la cuisine.

– Que se passe-t-il ?

– C'est au sujet de votre ami, Charles Grangé.

– Charles ? Il lui est arrivé quelque chose ?

– Il a disparu.

L'homme fronça les sourcils.

– Je... je ne l'ai pas vu au bureau. Je le croyais en congé.

– En quoi consiste exactement son travail ? Il est comptable m'a dit sa femme.

– Comptable ?

Steenbrink se mit à rire.

– Pourquoi riez-vous ?

Il tourna le dos à la jeune femme et se servit un verre d'eau.

– Je ne suis pas censé parler de ces choses.

Encore un qui jouait les sourds-muets. Exaspérée par tous ces petits secrets, Nicky perdit son calme.

– Votre ami a disparu, *nondikass* [1] ! Nous serons incapables de le retrouver si vous vous fermez tous comme des huîtres ! Je vous pose la question autrement : faisait-il quelque chose qui aurait pu intéresser d'éventuels ravisseurs ?

– Oui, il s'occupait d'un dossier sensible.

– Quel dossier ?

– Vous me mettez dans l'embarras...

– Peu importe. Disons que ça restera entre nous.

Ils passèrent au salon et Steenbrink fit asseoir Nicky dans l'un des sièges en cuir blanc. De la cuisine au salon en passant par le vaste hall, cette maison respirait l'ordre. Impeccable, impersonnelle. Probablement sans enfants.

Steve Steenbrink posa son verre sur la table basse et prit une grande respiration.

– Bien... Ne notez nulle part ce que je vais vous dire.

Nicky hocha la tête.

– Charles n'est pas « comptable ». C'est ce qu'il laisse entendre par discrétion. En réalité c'est un logisticien qui s'est spécialisé dans les projets d'envergure internationale, comme celui sur lequel il travaille depuis l'année dernière.

– Et c'est quoi, ce fameux projet ?

– Il s'agit du programme Erint.

– Erint ?

– Oui... des missiles sol-air redoutables, autoguidés, longue portée, capables de détruire n'importe quelle cible par impact, et non par explosion. C'est encore

1 « Nom de Dieu »

confidentiel, mais plusieurs pays de l'OTAN ont décidé de s'en équiper pour contrer la menace russe. Il fallait quelqu'un d'ici pour participer à l'étude préalable à leur déploiement. Évidemment dans sa position, Charles sait exactement qui a prévu quoi, où, quand et en quelle quantité.

– Il était seul au courant ? Qui d'autre connaissait ce dossier ?

– Pas mal de monde, mais la plupart sont aux States et hors d'atteinte. Son chef en avait bien un aperçu, de même bien entendu que les autorités des différents pays concernés, mais en Europe, il est peut-être l'un de ceux qui en savent le plus sur le futur déploiement… Franchement, la disparition de Charles m'inquiète un peu ! La boîte est au courant ?

– Oui, j'ai parlé avec votre responsable de la sécurité.

À ce moment, il y eut du bruit dans le hall. Une jeune femme fit son entrée. Elle portait un grand sac du Bram. Son allure détonait avec celle de Steve Steenbrink. Grande, mince, plutôt sexy. Nicky ne put s'empêcher d'envier cette magnifique silhouette.

– Ana, ma femme.

Celle-ci adressa à la visiteuse un petit signe de tête et un sourire crispé. Personne n'aime retrouver un policier en uniforme installé dans son salon, même si ce policier est une policière.

– Bon, fit Nicky Roeder en se relevant, si votre ami donnait signe de vie, ou si vous pensez à quoi que ce soit qui puisse m'être utile, appelez-moi.

Elle déposa sa carte sur la table basse et quitta Steve Steenbrink.

II.

La journée touchait à sa fin. De retour au commissariat, Nicky retrouva son collègue Berend aux prises avec un jeune homme dont on avait volé le vélo électrique. Il parvint à s'en débarrasser en lui conseillant de remplir une plainte en ligne sur le site de l'État, puis, après avoir raccroché, il se tourna vers Nicky.

– T'étais où ?

– Je t'avais dit… un truc à voir. Je viens de rencontrer un ami de Charles Grangé.

– Encore cette histoire. Et alors ?

– Lui aussi, il se fait du mouron.

– D'accord, il s'inquiète, mais nous n'avons officiellement aucune raison solide de lancer un avis de recherche. Grangé a fait un burn out, il est parti en balade se changer les idées. C'est un Français, il avait le mal du pays… En plus, tu savais qu'il avait des problèmes d'argent, ton bonhomme ?

– Sa femme m'en a parlé. Apparemment, ça ne le préoccupe pas outre mesure.

– Tiens donc ? Moi, pendant que tu te promenais, je me suis renseigné… L'année dernière, il y a eu une ordonnance de paiement émise à son encontre par le tribunal de Luxembourg. Il avait 20 000 euros d'impayés auprès d'un organisme de crédit.

– Et ?

– Il les a réglés, mais quand même, ce type a peut-être de bonnes raisons de se faire la belle.

– C’est faux. Je n’y crois pas. D’ailleurs, où est passée sa bagnole ?

– Eh bien, on cherche, et cette voiture, on ne l’a pas encore retrouvée. Il est en balade, je te le garantis. Et quand on le récupérera dans les bras de sa maîtresse, je ne te dis pas le ridicule dont tu te couvriras.

Nicky Roeder ne répondit pas.

Par moment, elle se sentait nulle, en particulier quand ce planqué de Berend la remettait à sa place. Elle avait horreur de cela. Vulnérable dans un monde d’hommes.

Va chier Berend. C’est dans ce monde que je ferai carrière, et j’en gravirai les échelons à la force du poignet !

Vers 17 heures 30, elle passa par le vestiaire, puis quitta le commissariat.

Elle était à peine montée dans sa voiture que le téléphone sonna. Sa mère.

– Enfin, Nicky ! Tu n’es pas facile à joindre !

Effectivement cela faisait plusieurs fois qu’elle avait laissé sans réponse les appels de sa chère maman.

– J’ai beaucoup de travail.

– Allons, tu ne me feras pas croire que ça ne te laisse pas le temps de répondre quand ta mère t’appelle ! Je voulais te prévenir que j’organise un déjeuner ce dimanche avec ton oncle Aldo et les voisins. Je compte sur toi, et sur Lea, bien entendu. J’aimerais leur présenter la petite. Figure-toi qu’ils ne l’ont même pas encore vue.

– Je ne suis pas certaine de venir, Maman.

– Ton frère sera là… lui !

Évidemment, Paul, ce garçon modèle, le fils idéal, informaticien dans une grosse boîte, qui roule en BM et porte une cravate. Un de ces jours, il épousera une consultante de chez Price, puis tous deux achèteront une maison à Bascharage et feront de beaux moutards que pourra chouchouter maman.

Beurk !

Nicky était amère. Jamais sa génitrice ne la reconnaîtrait pour ce qu'elle était. Elle resterait la petite deuxième, confinée dans un travail de subalterne au plus bas niveau de la maréchaussée.

La conversation tourna court.

– Je dois te laisser, Maman. Je conduis. Je te rappellerai.

Sans doute, comme souvent, ne le ferait-elle pas.

Me voilà ! Cette fois, je suis à l'heure, madame Da Silva !

Ladite madame Da Silva haussa les sourcils, mimant l'étonnement. Derrière elle, on entendait les gazouillis du bébé.

– C'est très bien... mais sais-tu que tu dois toujours me régler mon mois ?

– Ah... je... euh, oui. Je suis désolée.

Nicky partit à la recherche de son portefeuille dans les multiples poches de sa veste. Ce fut pour découvrir qu'il contenait en tout et pour tout 30 euros. Voilà trois jours qu'elle avait oublié de passer par le Bancomat.

– Je pourrais vous payer par virement ?

– Je préfère le liquide.

– Je suppose que vous ne prenez pas la Visa ?

La bonne dame gloussa.

– Tu supposes bien !

Nicky rentra la tête dans les épaules.

– Demain alors ?

– C'est ça, demain.

Madame Da Silva tourna le dos et partit chercher la petite. Elle eut du mal à réprimer un sourire. En réalité, la gêne de cette jeune maman l'amusait plutôt, elle en était presque touchante. Fernanda Da Silva n'en était d'ailleurs pas à un retard de paiement près et, sans ces gardes prolongées de la charmante Lea, qu'aurait-elle fait de ses soirées ?

– Voilà ta petite chérie. Elle a été très sage... et elle a marché aujourd'hui, depuis le parc jusqu'à la table !

Nicky écarquilla les yeux. Dans l'appartement, Lea ne se déplaçait qu'à quatre pattes.

– Ah ? Vraiment ?

Et tandis qu'elle s'éloignait, la dame la rappela.

– Et donc n'oublie pas, demain, le paiement !

– Sans faute, madame Da Silva.

Lea avait dû en effet être très animée, car elle s'endormit dans la voiture. Ainsi, elle avait marché ? Nicky s'en voulait d'avoir manqué ses premiers pas... Foutu métier.

Elle sortait la petite endormie quand son téléphone s'agita dans son sac. Mike Berend.

Lea sur un bras et son portable à l'oreille, elle ouvrit la porte et pénétra dans l'ascenseur.

– Nicky ? Tu vas rire... on a retrouvé ta fameuse voiture à Capellen. Une patrouille nous l'a signalée près du parc d'activités. On va aller y jeter un coup d'œil.

Non, Nicky ne riait pas. Voilà qui allait confirmer ce que cette disparition avait de préoccupant. La jeune femme brûlait d'envie de se rendre sur place... Mais plantée devant son appartement, sa petite fille dans les bras, elle se sentait coincée.

– Je ne peux pas venir...

– Je sais, je ne te le demande pas, je voulais seulement te tenir au courant.

Nicky Roeder resta un instant sur le pas de la porte, frustrée, hésitante. Finalement, elle passa dans la cuisine, prépara un biberon de lait froid et ressortit avec Lea, endormie dans son couffin. Les routes étaient dégagées et il ne lui fallut que peu de temps pour parvenir devant une petite villa d'une rue reculée de Strassen.

Elle sonna à deux reprises, sans succès, quand enfin la porte s'ouvrit sur un grand jeune homme vêtu d'un sweat et d'un short chiffonné.

– Salut Michael.

– Ah ! Euh... salut Nicky.

Elle l'embrassa. Il sentait le savon et le dentifrice.

– Tu viens de te lever ?

– Non, de me coucher. J'ai bossé la nuit dernière. Là, je suis en récup jusqu'à demain.

– Désolé de te déranger, Mick, je sais qu'il est tard... Tu pourrais me garder Lea ?

Il cligna des yeux et réajusta ses lunettes.

– Bien entendu. Tu sais que tu peux me demander n'importe quoi.

– Merci, Mick !

Elle lui tendit le couffin.

– Je t'ai mis un biberon au cas où. Il faudra le réchauffer.

– Tu sais que pour toi, je...

– Oui. Merci, Mick. Et pas trop chaud, le biberon.

Elle dévala les escaliers.

– ... pas plus de 37 degrés.

Elle sauta dans sa Renault, abandonnant l'ami Mick planté sur le perron, son précieux fardeau dans les bras.

Cinq minutes plus tard, Nicky se garait route d'Arlon, derrière la voiture de ses collègues, à l'entrée du parc d'activité de Capellen. Ce n'était pas Berend qui était là, mais deux gars au képi blanc... La police de la route. Nicky connaissait bien le plus âgé d'entre eux, Raymond Lawermann.

– *Gudden Owend*, Raymond.

– Salut Nicky. C'est chez vous qu'on a signalé ce véhicule ?

– Oui, en fait, c'est moi.

– C'est quoi le problème ? Elle a été volée ?

– Non, son propriétaire a disparu.

– Depuis quand ?

– Depuis mercredi.

Le brigadier-chef Lawermann fronça les sourcils.

– Et il n'y a pas d'avis de recherche pour ce type ?

– On m'a dit que c'était trop tôt.

– Il serait pourtant grand temps de s'en occuper ! En ce qui nous concerne, nous allons mettre cette voiture au frais, au cas où elle nécessiterait des investigations.

Nicky Roeder grogna. En tergiversant, Berend l'avait fait passer pour une conne. Elle faillit répliquer d'un « moi, je l'avais bien dit », mais ça n'aurait servi à rien, sinon à lui attirer des ennuis.

Elle explora du regard les alentours. Que s'était-il donc passé ici ?

– Il y a des caméras dans le coin ?

Le flic secoua la tête.

– Celles de l'A6 ne couvrent que le trafic et aucune de celles du site n'est dirigée par ici.

Nicky tiqua.

L'endroit a sans doute été choisi à dessein. Un lieu de passage sur le trajet de Grangé et où il n'y aurait aucune image de son enlèvement.

– Je peux jeter un coup d'œil à la bagnole ?

– Oui, mais ne touche à rien.

Elle se pencha à l'intérieur du véhicule. Les clés étaient toujours sur le contact. Dans n'importe quel autre pays, cette voiture aurait été volée depuis longtemps. Sur le siège passager, il y avait un sac en papier de chez Backes. On ne laisse pas sa voiture ouverte à tous vents, les clés sur le contact... qui plus est en y abandonnant son petit-déjeuner !

Cela faisait une éternité que Charles Grangé traînait sur le sol. Dans cette semi-obscurité, saisi par l'angoisse, il avait perdu toute notion du temps. Il y avait deux jours sans doute qu'il était là, les mains entravées dans le dos.

Le boxeur avait mystérieusement disparu avec ses aveux extorqués, gribouillés sur ce foutu cahier. Cette brute avait eu ce qu'elle voulait. Ses agresseurs auraient donc dû le relâcher comme ils l'avaient promis. Pourquoi cette attente ?

Mais Grangé commençait à s'inquiéter. Par une conscience professionnelle un peu déplacée en ces circonstances, il avait balancé au boxeur beaucoup de chiffres bidon. Et si celui-ci s'en rendait compte ?

Deux autres types s'étaient succédé pour lui donner à boire et à manger. Il y avait le grand, maigre, le visage en lame de couteau, et un second, chauve, aussi large que haut. Ils l'emmenèrent pisser dans un coin, puis lui laissèrent le temps de s'enfiler un sandwich et de siffler le contenu d'une petite bouteille plastique avant de le rattacher à son poteau. Plus tard, quand il réclama une couverture, on jeta sur lui ce qui ressemblait plutôt à une vieille bâche, mais cela eut le mérite de le protéger des courants d'air qui parcouraient le hangar. Au bout d'un moment, il cessa de claquer des dents et de frissonner.

À plusieurs reprises, il entendit ses geôliers discuter dans la pièce voisine. Une voix de femme se mêlait de temps à autre à la conversation. Parfois, le ton montait et Grangé captait un mot ou l'autre. Puisant dans ses souvenirs de voyage, le prisonnier pensa reconnaître de l'albanais, ou un dialecte approchant. Un des gars semble-t-il se faisait appeler Sokol, l'autre Avni.

Qui étaient vraiment ces gens ? Et à qui étaient destinés les renseignements qu'on essayait de lui soutirer ?

V.

Vers vingt-deux heures, Nicky récupéra Lea chez son ami Michael. La petite n'avait pas eu l'air d'apprécier sa nouvelle nounou, car elle pleurait toutes les larmes de son corps.

– Je ne sais pas ce qu'elle a. Je lui ai chanté des chansons, je l'ai bercée, rien n'y a fait.

– Peut-être n'aurais-tu pas dû chanter ?

Elle embrassa Michael et se sauva en vitesse.

– Et n'hésite pas. Si je peux faire quelque chose pour toi, je...

– Oui, j'y penserai. Merci Mick !

Une fois dans ses bras, Lea avait cessé de pleurer. Arrivée à l'appartement, Nicky changea la petite, puis lui donna un demi-biberon de lait tiède, ce qui finit de l'apaiser.

Il était vingt-trois heures et la jeune femme n'avait toujours pas dîné. Elle réchauffa le reste de poulet au curry qu'elle avait fait le mardi et le mangea devant la télé. De temps à autre, Lea qui gigotait dans son lit la distrayait dans ses pensées.

Minuit. Nicky passa à la salle de bains. Elle se déshabilla et jeta ses vêtements sur le tas de linge qui s'accumulait à côté de la machine à laver. La lessive attendrait demain.

La pomme de douche cracha une eau tiède qui ruissela sur son corps fatigué. Elle resta longtemps ainsi, profitant de ce moment de bien-être. Dans ces instants de solitude, Nicky se rendait compte du vide qu'elle avait autour d'elle. Son père lui manquait. Il l'aurait encouragée, conseillée peut-être. Mais il n'avait même pas eu la chance de la voir faire ses premiers pas dans la police. Heureusement, il lui restait Lea et c'est aussi pour elle qu'elle réussirait.

Une fois sortie de sa douche, Nicky regarda en s'essuyant la buée qui se dissipait lentement sur le miroir, lui faisant apparaître une image d'elle qu'elle avait oubliée. C'était drôle, avec ses cheveux plaqués sur son front, elle avait encore sa tête d'ado.

Enfin un peu détendue, la jeune femme se mit au lit. Elle eut pourtant du mal à s'endormir. Paresseusement, les chiffres rouges du réveil digital s'égrenaient et sans cesse revenait cette question : qu'était-il arrivé à Charles Grangé ?

VENDREDI

I.

Nicky avait plutôt mal dormi, comme souvent quand elle se trouvait devant des problèmes insolubles. Une idée lui était venue ainsi au beau milieu de la nuit : si les caméras de surveillance n'avaient rien vu, il devait bien y avoir des témoins de l'enlèvement.

C'était plus fort qu'elle. Elle ne put résister. Nicky prenait normalement son service à 8 heures 30, mais ce jour-là, c'est bien plus tôt qu'elle se mit en route.

Une fois Lea déposée chez madame Da Silva, elle se présenta au commissariat une heure à l'avance. Berend surgit de derrière le comptoir d'accueil comme un diable de sa boîte. Elle le soupçonna d'avoir piqué une sieste. Visiblement son réveil n'avait pas encore sonné.

– T'es déjà là ?

Elle répondit en passant.

– Je suis tombée du lit. J'ai pas eu le temps de déjeuner. Je vais passer au Backes. Tu veux un pain au chocolat ?

– Un pain au chocolat ? Mais oui... volontiers !

Dès qu'il était question de gourmandise ou d'un petit verre, Berend se montrait conciliant.

Elle se changea et, habillée de pied en cap, elle fila vers le parc d'activité de Capellen.

Quand elle arriva sur place elle constata que la voiture avait disparu, embarquée probablement par la cellule de la police scientifique de la PJ. Elle ne se faisait aucune illusion. La voiture livrerait tout au plus les empreintes de Charles Grangé.

Le parc d'activité hébergeait des grands magasins et des sociétés high-tech. Bientôt le personnel arriverait sur les lieux et parmi ces gens, certains qui étaient passés deux jours plus tôt à la même heure... donc certains qui auraient peut-être assisté à l'enlèvement de Grangé. Nicky se posta en uniforme un peu plus haut à l'entrée du site et entreprit d'arrêter les véhicules qui se présentaient. À chacun des conducteurs, elle soumettait la photo du disparu et posait invariablement la même question :

– Cette personne a sans doute été enlevée ici avant-hier, et vers cette heure-ci. Vous n'avez rien remarqué ?

Les réponses de ces gens pressés alternaient entre ignorance et excuses. Des aveugles et des distraits semblaient s'être succédé sur le lieu de l'enlèvement.

– Ce type ? Ça ne me dit rien.

– Avant-hier ? Non, vraiment, je ne vois pas.

– Désolé, pas le temps, je suis en retard.

Les passages commencèrent à s'intensifier vers huit heures. Nicky arrêtait chaque véhicule, ce qui finit par provoquer un encombrement route d'Arlon. Des ennuis en perspectives si ça venait à être signalé. La jeune femme allait renoncer quand elle obtint enfin un candidat moins étourdi, un jeune employé de Luxtrust passé le mercredi vers huit heures trente.

– Oui, en effet, j'ai vu ce monsieur sortir de sa voiture. Il est monté dans la voiture de vos collègues.

– Ils étaient comment ces collègues ?

– En civil, assez costauds. Ils étaient deux. Mais je m'éloignais et ils me tournaient le dos, je ne peux pas en dire plus.

– Leur véhicule, c'était un véhicule de police ?

– Non, un gros 4x4 banalisé noir, avec un gyrophare.

– Quelle marque ?

– Vous m'en demandez trop. Je n'y connais rien. BMW, peut-être ?

Elle nota le nom et le téléphone du garçon.

– Vous viendrez faire votre déposition auprès d'un poste de police.

– Je suis obligé ?

– Vous n'avez pas le choix. J'attends votre déposition d'ici ce soir.

À la limite, peu importait, Nicky Roeder avait eu ce qu'elle espérait : la confirmation que Grangé avait bien été enlevé, et sans aucun doute par de faux flics... La police luxembourgeoise n'embarque pas en catimini des suspects dans une voiture banalisée !

II.

Quand je leur aurai tout dit, que feront-ils de moi ? Et si tout se terminait ici ?

À la pensée que sa vie pouvait s'arrêter là, dans l'obscurité glauque de ce hangar, Charles Grangé blêmit. Il restait seul depuis des heures, sans nouvelle de ses agresseurs. Il les entendait, tout proches, dans la pièce voisine. Quand ils reviendraient, serait-ce pour le questionner à nouveau, le battre, ou mettre un terme définitif à sa modeste existence ?

Il ferma les yeux, s'efforça de contrôler sa respiration, de retrouver son calme. Il pensa à Alicia qui devait se faire un sang d'encre, les dernières heures passées avec elle avaient été d'une banalité affligeante. La veille, ils s'étaient disputés pour une stupide histoire de lave-linge à remplacer, puis ils avaient passé la soirée chacun de leur côté, surfant sur Internet. Au petit-déjeuner, le nez dans leur café, ils avaient à peine échangé quelques mots. De telles bêtises, un tel vide, alors qu'à tout moment tout peut basculer... mais comment auraient-ils pu savoir ?

Charles Grangé avait fini par s'endormir.

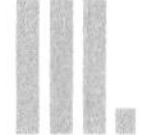

En arrivant au commissariat, Nicky Roeder croisa Berend qui faisait ses paquets, sa garde terminée.

– Nicky ? Et mon *Schoklasrull*[1] ? J'attends toujours !

– Il n'y en avait plus. Désolée.

Il lui lança, un brin d'ironie dans la voix :

– Au fait, tu devrais être contente ! On vient de sortir un avis de recherche pour ton bonhomme !

– Enfin !

– Ne sois donc pas si pressée, j'ai connu des affaires comme celle-là qui ont duré des mois et où on n'a jamais retrouvé le disparu !

Mike Berend adorait jouer les rabat-joie. Et quand il pouvait faire étalage de sa grande expérience, il ne manquait pas d'en rajouter une couche. Ça n'impressionnait plus Nicky depuis longtemps.

– Comment ça se passe une fois qu'un avis de recherche est lancé ?

– Eh bien, la PJ est chargée de l'enquête par un juge d'instruction. À ma connaissance, c'est Tedesco qui va s'en occuper.

– Qui c'est, ce Tedesco ?

– Un officier d'un truc qui s'appelle « Recherche Fugitifs et Protection des Victimes ».

– Il est bon ?

– C'est une grande gueule. Ses collègues ne l'aiment pas. C'est tout ce que je sais.

– Tu crois qu'il me tiendra au courant ?

---

[1] Pain au chocolat.

– Pourquoi le ferait-il ? Ce n'est plus ton problème… Bon, je te laisse. Demain, je fais la nuit.

Et il passa au vestiaire.

Effectivement, en fin de matinée, les sites de RTL et de l'Essentiel affichaient la photo de Charles Grangé. Nicky y retrouva cet homme au visage avenant et aux yeux clairs cerclés de petites lunettes.

« *Vermisst wird seit dem 13.03 der 33 jährige GRANGE Charles* [1] » disait l'avis de la police, précisant qu'il aurait été vu pour la dernière fois à Mamer, ce qui n'était pas tout à fait exact, personne n'ayant encore rapporté officiellement ce qui s'était passé lorsque Grangé avait quitté son véhicule. Le témoignage du jeune employé de Luxtrust viendrait fort à propos éclairer ce point d'ombre… Mais « ce n'est plus ton problème » avait dit Berend.

Ce matin-là, c'est Rui qui était présent. Quand les deux collègues prirent un café ensemble, Rui remarqua que Nicky tirait la tête. La policière avait du mal à cacher sa déception. Cette affaire, elle l'aurait volontiers prise en charge. Elle était bien consciente de manquer d'expérience. Mais l'expérience, ça s'acquiert sur le terrain et non assise dans un bureau.

– C'est pas facile au début ? Hein ?

– Non, c'est pas facile.

– Tu verras, sourit-il, tu t'y feras !

Rui était entré en service deux ans avant Nicky. Toujours de bonne humeur, rien ne semblait l'ébranler, ni les anachronismes de cette grande maison qu'était la police luxembourgeoise ni les situations pénibles auxquelles ils étaient confrontés quotidiennement. Nicky aurait bien

---

1 Disparu depuis le 13.03, Charles Grangé, 33 ans.

voulu avoir un peu de son détachement et de son optimisme. Elle le savait : elle prenait tout trop à cœur.

Dans l'après-midi, Nicky rappela Alicia Galera.

– Vous êtes au courant qu'on a lancé un avis de recherche ?

– Oui, c'était sur Internet... et j'ai eu la visite d'un monsieur de la police judiciaire.

– Tedesco ?

– C'est ça, oui, Tedesco.

– Bien. Je ne le connais pas, mais c'est un pro de ce genre de cas.

En réalité, Nicky n'en savait rien, elle espérait simplement qu'il en était bien ainsi.

– Oui, répondit Alicia Galera, pourtant j'aurais préféré que vous continuiez à vous en occuper.

Là, elle remuait le couteau dans la plaie.

– Je l'aurais préféré également, hélas, je ne peux pas (elle hésita quelques secondes)... mais je vais continuer à me tenir au courant. Vous pouvez compter sur moi.

– Merci, madame Roeder.

– Je m'appelle Nicky.

Et elle raccrocha.

IV.

Charles Grangé s'éveilla en sursaut, sous une violente lumière : le boxeur venait de débouler en furie dans la grange. Avant que Grangé n'ait eu le temps de réaliser, l'homme le souleva du sol et lui cracha à la figure :

– Vos informations sont fausses. Vous vous êtes payé ma tête !

Oui, c'était un peu bidon, il n'aurait jamais dû prendre un tel risque.

Il chercha à rassembler ses esprits. Que répondre ? Il bredouilla.

– Je ne comprends pas... j'ai dit ce que je savais.

– Nos commanditaires sont persuadés du contraire. Ils disposent déjà d'informations sur l'un des sites et ce que vous nous avez donné est totalement fantaisiste... je pense que vous avez mal saisi à quel point nous sommes sérieux !

Ébloui, désorienté, Grangé bafouilla.

– Ça devrait être plus ou moins correct. Vraiment, je...

Il n'avait pas vu venir le coup. Une gifle, d'une violence telle que ses lunettes volèrent à l'autre bout de la pièce.

– Alors ?

Ses oreilles bourdonnaient et un goût cuivré lui remplissait la bouche.

Une deuxième gifle, plus forte encore, puis une volée de coups qui lui explosèrent la poitrine.

Entravé, incapable de se défendre, Grangé se tordait de douleur, il supplia.

– Arrêtez, je... j'ai compris.

Il glissa sur le sol et gémit :

– Laissez-moi réfléchir. Je dois essayer de me souvenir.

– Vous allez y arriver, j'en suis certain…

– Comme ça de mémoire, ce n'est pas évident, protesta Grangé, la bouche en sang.

Le boxeur ricana.

– Ne soyez pas trop modeste, cher monsieur. Vous bénéficiez d'une exceptionnelle mémoire photographique, nous sommes au courant. C'est pour cette raison que nous vous avons choisi.

L'intéressé tiqua. « Une mémoire photographique » ? C'était vrai. Mais qui était au courant ? Il ne s'en vantait jamais.

– Nous sommes également informés que vous avez une charmante épouse, une certaine Alicia. Nous allons lui rendre une petite visite de courtoisie. Croyez-moi, vous avez intérêt à ne plus vous payer notre tête…

Cette menace laissa Charles Grangé pétri d'angoisse, ce petit jeu était trop dangereux et il n'était pas un héros. Cette fois, il était décidé à ne plus jouer au plus fin.

– Rendez-moi mes lunettes. Je vais parler. Et je vous en supplie, ne faites pas de mal à mon épouse.

Le boxeur ramassa les verres du prisonnier et les lui remit cérémonieusement sur le nez.

– Nous allons gagner du temps : cette fois, je prendrai moi-même les notes !

Le boxeur sortit un petit carnet à anneaux et un stylo.

– Nous vous écoutons !

Grangé soupira. Il aurait espéré être libéré de ses liens. Résigné, il se mit à déballer ce qu'il savait du projet. Après tout, cette histoire de missile ne méritait pas qu'il risque sa vie, et encore moins celle d'Alicia.

– La Pologne a prévu l'acquisition de douze missiles au prix unitaire de 2 150 000 dollars. Trois lanceurs sont prévus, le premier sera basé à Redzikow, les deux autres dans des emplacements encore à définir. En Lituanie, ce sont huit missiles qui sont prévus, deux lanceurs seulement et…

L'inventaire se poursuivit longtemps, sous l'œil menaçant du boxeur. Finalement, satisfait, l'homme empocha le cahier, toujours ce vilain sourire sur les lèvres.

– Voilà qui est mieux. Nous en restons là pour aujourd'hui. Nous allons vérifier tout ça et je reviendrai demain avec d'autres questions. Vous me parlerez alors de vos correspondants. J'en veux une liste complète, avec toutes les informations utiles.

Puis, il quitta la salle en éteignant la lumière.

– Bonne nuit, monsieur Grangé !

V.

Il était près de vingt heures quand le téléphone de Nicky Roeder vibra sur la table du salon.

C'était le numéro d'Alicia Grangé qu'elle avait noté dans ses contacts. La dame, très nerveuse, interpella d'emblée la policière :

– C'est vous qui avez demandé que je sois surveillée ?

– Pardon ?

– Un van noir s'est arrêté devant chez moi. Le conducteur observait mon appartement. Quand le voisin est sorti avec les poubelles, il a filé. Mais j'ai eu une peur bleue.

– Je vous assure, je n'y suis pour rien ! Vous avez prévenu la police ? (Elle se reprit)... je veux dire ceux chargés de l'enquête ?

– Oui, j'ai appelé ce monsieur Tedesco. Il m'a dit que j'étais trop stressée, que je ne devais pas m'inquiéter et prendre le numéro d'immatriculation si je revoyais ce véhicule... mais si ce n'était ni eux ni vous, alors qui était-ce ?

Nicky eut soudain un mauvais pressentiment.

– Madame Galera, il vaudrait peut-être mieux ne pas rester chez vous.

– Je le pense aussi.

– Vous savez où aller ?

– Pas vraiment, ma famille est à l'étranger et je ne peux pas débarquer à une heure pareille chez n'importe qui ! À l'hôtel, peut-être ?

La jeune policière n'hésita qu'un instant. Elle allait sans doute faire une connerie, mais qu'importe !

– Je passe vous prendre ! J'habite à quelques rues de chez vous. Je suis là de suite !

Lea avait mangé et elle dormait de tout son cœur. Nicky était déchirée entre l'idée de la réveiller et celle de la laisser seule quelques instants. Finalement, elle se décida à filer en douce, et quitta l'appartement en refermant la porte avec soin. Elle était vraiment une mère indigne et peut-être aussi un piètre flic, un flic qui suivait ses impulsions sans trop réfléchir !

Cinq minutes plus tard, elle était au pied de l'immeuble de sa protégée. Alecia Galera qui l'attendait dans le hall dévala les quelques marches, un sac de voyage à la main. Elle pénétra dans la voiture de Nicky, non sans avoir jeté autour d'elle un regard inquiet.

– Ne vous en faites donc pas, vous êtes en sécurité. Avec moi, vous ne risquez plus rien.

C'était un brin présomptueux, mais Nicky elle-même avait besoin de se rassurer.

La jeune policière se faufila dans les rues endormies du quartier. À cette heure du soir, c'était un vrai plaisir. Rapidement, elle arriva chez elle et se gara au sous-sol sur l'emplacement qui lui était réservé.

Les deux femmes pénétrèrent dans l'ascenseur. L'immeuble était silencieux. Au rez-de-chaussée vivait un couple de retraités et au deuxième, dans le penthouse, un fonctionnaire européen qui était absent la plupart du temps.

Elles s'arrêtèrent sur le palier du premier étage. Nicky Roeder sortit sa clé et ouvrit la porte.

– Nous voilà chez moi. C'est un peu petit, mais nous nous débrouillerons.

Elles se débarrassèrent de leurs vestes.

– Mettez-vous à votre aise. J'arrive de suite.

Nicky fila voir comment allait Lea. Elle dormait comme un ange. Rassurée, elle revint au salon retrouver Alicia. Elle était installée sur le divan, son sac sur les genoux.

– Détendez-vous ! Vous voulez boire quelque chose ? J'ai du jus d'orange, du Rosport, du thé.

– Vous auriez quelque chose de plus fort ? Je crois que j'en ai vraiment besoin.

– J'ai une bouteille de crémant. Un cadeau de ma chère maman. Il est peut-être temps de l'ouvrir.

– Pourquoi pas ?

Alicia remarqua la chaise haute et, sur la table, les restes du repas de la petite.

– Vous avez des enfants ?

– Une fille, Lea, elle va avoir un an. Elle dort dans l'une des chambres.

– C'est comment d'avoir un enfant ?

Étrange question. Sur quelle planète vivait cette femme ? Bien qu'à la réflexion cela n'allait pas de soi. Percevant la perplexité de Nicky, Alicia tenta de s'expliquer.

– Vous comprenez... j'étais enfant unique. Et puis je me suis consacrée jusqu'à présent uniquement à mes études et mon travail. L'idée d'un enfant est quelque chose de totalement nouveau pour moi.

– En ce qui me concerne, c'est parfois compliqué. Alors, entre le boulot, la nounou et les courses, souvent, je rame. Mais je ne regrette rien. Avoir un gosse, ça change votre vie... Mais pourquoi cette question ? Vous y pensez ?

– Moi, oui... C'est Charles qui hésite.

– Il hésite ?

– Ça lui fait peur. Les responsabilités, les problèmes pratiques, et tout ça...

– Il a tort. Malgré mes soucis, je ne reviendrais en arrière pour rien au monde !

– Il est comme ça, d'une nature un peu trop prudente, il calcule tout... Que voulez-vous ? C'est son métier qui veut ça !

Elles savourèrent leur crémant en silence. Nicky continuait à cogiter. Elle ne pouvait détacher ses pensées de l'affaire.

Charles Grangé... un mari prudent, voire calculateur, disait son épouse... Et si la raison de cet enlèvement était effectivement liée à une histoire d'argent ?

– Je peux vous poser une question ?

– Allez-y.

– Entre nous, est-il vrai que votre mari avait des problèmes financiers ?

– Oui. Son divorce lui a coûté cher. Il a fait un emprunt pour s'en sortir et il a eu du mal à le rembourser. Enfin, tout est presque réglé maintenant.

– C'était qui son ex ?

– Une de mes anciennes collègues. Une sale ambitieuse. Avocate, comme moi. Elle a créé son cabinet avec son petit copain, « Monereau & Valery, avocats à la cour ». Vous les trouverez en bonne place sur Internet.

– J'irai voir ça. Charles leur en veut à ces deux-là ?

– Non. Ce n'est pas un rancunier. Pour lui, c'est de l'histoire ancienne. Il a tourné la page. Mais elle, ça reste une belle chieuse !

Nicky regarda Alicia et sourit. Le crémant aidant, elle se décrispait enfin. Elle avait étendu ses longues jambes et défait le nœud qui retenait ses cheveux. Des mèches blondes lui tombèrent sur les épaules.

– Il est d'où votre accent ?

– D'Espagne. Pas facile de le cacher !

– À vous voir, je ne vous aurais jamais prise pour une Espagnole, fit remarquer Nicky.

Elle sourit.

– Toutes les Espagnoles ne sont pas brunes ! D'ailleurs l'explication est très simple, ma mère est d'origine danoise. Il ne faut pas chercher plus loin.

– Ma mère à moi est italienne.

– Vive l'Europe.

Cette fois, elle rit de bon cœur.

– Il y a longtemps que vous êtes dans la police ?

– Je viens de commencer... Si vous voulez, on peut se tutoyer.

– Avec plaisir... C'est comment le travail dans la police ?

– Au début, c'est un peu difficile. C'est moi qui me tape les boulots idiots ou les permanences quand les autres passent leur week-end en famille.

– C'est pour ça que tu ne peux pas prendre en charge l'affaire de mon mari ?

– Oui et non. C'est parce qu'on me considère comme une novice, mais aussi parce que ça relève de la PJ, la police judiciaire. Ils ont un service qui s'occupe des enlèvements.

– Ce Tedesco ?

– Oui. Entre autres.

Alicia Galera baissa la tête.

– C'est très bien tout ça, mais j'ai le sentiment que si on veut retrouver Charles, chaque seconde compte, et rien ne bouge !

– Je continue à suivre cette enquête, autant que je le peux. Je te le promets.

– Mais pourquoi lui ? Que lui veut-on ? Personne n'a appelé pour demander une rançon, ou, je ne sais pas moi, revendiquer l'enlèvement. C'est ce qui se passe normalement dans ces cas-là, non ?

Alicia était à nouveau plus nerveuse.

– Je doute, intervint Nicky, que cela ait quelque chose à voir avec un simple rapt crapuleux. Je suis de plus en plus persuadée que c'est en rapport avec son travail et les dossiers dont il s'occupe.

– Une histoire d'espionnage avec l'OTAN ?

– Oui, et de ce que j'en ai vu, ce site de la NSPA est un vrai fort Knox. Il est sans doute plus facile de faire parler un employé que de s'y infiltrer pour en sortir des documents.

– Je suis inquiète.

– Calme-toi. Ce soir, nous ne pouvons rien faire.

Elles parlèrent longtemps. Deux femmes si différentes, tant par leurs physiques que par leurs histoires. L'une avait grandi à Esch, la cité des terres rouges, l'autre sous le soleil de Valence. Le père d'Alicia était diplomate, sa mère, maître de conférences en langues germaniques. Alicia elle-même avait fait de brillantes études. Elle avait étudié le droit à Madrid, puis poursuivi par une spécialisation à Salford et enfin un master à la *Vrije Universiteit* d'Amsterdam. Nicky, elle, avait les études en horreur. Elle n'avait qu'un rêve, entrer dans la police, ce qu'elle avait fait dès qu'elle en avait eu la possibilité. Son père, Marcel, aujourd'hui décédé, était ouvrier dans la sidérurgie, sa mère avait à peine son certificat d'études. Mais tous deux l'avaient soutenue comme ils l'avaient pu dans ses projets. En particulier son père, qui avait toujours cru en elle.

Deux femmes si différentes, et qui, pourtant, se comprenaient. Et au fil de leur conversation, un lien étrange s'établit entre elles.

Il était près de minuit. Le fond de crémant du verre de Nicky ne pétillait plus depuis longtemps et ses paupières se faisaient lourdes.

– Je suis épuisée. Si tu le permets, je vais aller dormir.

– Moi aussi, je tombe de fatigue. Je n'ai pas fermé l'œil, la nuit dernière.

– Tu peux prendre ma chambre. Il y a des draps propres dans la penderie.

– Et toi ?

– Je dormirai ici. C'est un divan-lit.

Alicia partie dans sa chambre, Nicky déplia le canapé, sortit la couette du placard et se coucha.

Était-ce le crémant ou la fatigue de cette journée, toujours est-il qu'elle s'endormit immédiatement.

SAMEDI

I.

Ce week-end s'engageait curieusement.

Assises face à face autour du bar de la cuisine, Alicia et Nicky déjeunaient paisiblement, l'esprit encore quelque peu embrumé par les libations de la veille. Lentement pourtant avec ce jour nouveau, leurs inquiétudes refaisaient surface. Comme si elle comprenait la situation, la petite Lea dormait toujours, leur laissant cet instant de respiration.

– Tu travailles aujourd'hui ? demanda Alicia.

– Oui, je travaille. Le week-end, nous sommes quelques-uns de permanence au commissariat. Je m'y colle plus souvent qu'à mon tour !

– Je vais peut-être rentrer chez moi. Je ne peux pas continuer à te squatter.

– Comme tu veux. Si tu le souhaites, je repasserai dans ta rue et je demanderai à mes collègues d'en faire autant, histoire de nous assurer que tout va bien.

Nicky partit réveiller Lea. Elle la changea, lui donna son biberon du matin, la changea de nouveau, l'habilla, tout ça sous les yeux intéressés d'Alicia.

– C'est du travail que de s'occuper d'un bébé !

Nicky sourit.

– Quand on aime, on ne compte pas !

Elle reprit la petite dans ses bras, l'embrassa et la sangla dans son couffin. Elle avait grandi, il faudrait bientôt lui trouver un autre moyen de transport.

– Allons-y !

Nicky déposa Alicia chez elle, puis elle s'arrêta devant le Bancomat de la Spuerkeess. Cela faisait trois fois qu'elle oubliait, mais cette fois-ci, madame Da Silva aurait le paiement de son mois. Quand elle arriva chez celle-ci, la dame sortait justement prendre son courrier. Elle empocha discrètement l'argent que la jeune maman lui tendait.

– Merci, ma petite Nicky, je ne voulais pas te stresser.

Puis elle prit le couffin.

– Alors ? Vous avez retrouvé ce monsieur qui avait sa photo dans le journal ?

– Pas encore, madame Da Silva... On cherche.

– À ce soir ?

– À ce soir. Merci, madame Da Silva.

Nicky se retourna rapidement. Elle avait horreur d'abandonner Lea. Plus vite elle partirait, mieux ce serait. Surtout ne pas y penser. Elle se rattraperait demain dimanche. On annonçait un temps printanier. Elles iraient au parc, puis se baladeraient en forêt. Une journée entre filles, en quelque sorte...

II.

Rui accueillit sa jeune collègue avec son habituel sourire.

Pourtant le travail qui les attendait n'avait rien de bien enthousiasmant. On était samedi et la matinée fut passée à régler des problèmes administratifs. C'est fou ce que la police avait à gérer comme paperasse.

Ils auraient dû engager une secrétaire et non une policière stagiaire !

Les deux agents furent presque soulagés de voir enfin se présenter d'honnêtes citoyens. Le premier pour se plaindre d'une voiture mal garée qui débordait devant son entrée de garage, la seconde, une dame, à la recherche de son chat disparu depuis la veille. Il y avait des disparitions moins tragiques que d'autres, même si la détresse de la propriétaire du chaton faisait peine à voir.

Entre ces formulaires et ces appels désespérés, Nicky surfa sur Internet, à la vaine recherche de quoi que ce soit d'intéressant : le cabinet Monereau & Valery dont avait parlé Alicia, puis l'OTAN, la NSPA... rien ne vint l'éclairer sur cette affaire.

La presse, cependant, commençait à s'emballer. RTL s'alarmait du fait qu'un cadre de l'OTAN était activement recherché en vain par toutes les polices du pays, tandis que *l'Essentiel*, au sujet de « *l'inquiétante disparition d'un agent français de l'OTAN* » évoquait « *l'action possible de services secrets étrangers sur le territoire luxembourgeois* ». Plus sobre, le *Wort* se contentait de signaler que Charles Grangé était toujours recherché par les polices belge et luxembourgeoise. Plus tard dans la matinée, RTL ajouta sur son site qu'un témoin avait assisté à l'enlèvement. Le petit jeune avait donc fait comme promis sa déposition... et comme souvent, la presse en avait été informée par quelque intermédiaire indélicat.

À midi, Rui et Nicky mangèrent dans la kitchenette, près de la cafetière qui chuintait bruyamment.

– Il faudra songer à remplacer ce truc, fit remarquer le jeune homme.

– Peut-être en la détartrant ?

– Je l'ai fait, ça n'a servi à rien. On devrait se cotiser et... tu m'écoutes ?

– Euh ! Pardon, j'étais ailleurs.

– Je parie que tu te prends encore la tête avec cette histoire d'enlèvement.

– Qu'est-ce qui te fait dire ça ?

– Je te connais !

– Ben oui ! On ne peut rien te cacher !

– Écoute Nicky, c'est une affaire qui nous dépasse. Tu devrais maintenant décrocher de ce truc ou tu vas t'attirer des embêtements.

– Si tu imagines que ça m'amuse de ne m'occuper que d'histoires de chiens écrasés et de voitures mal garées !

– Je te comprends, qu'est-ce que tu crois ? Moi, ça fait deux ans que je gamberge ici ! Mais il te faut être un peu patiente, ça ne durera pas toujours.

Rui se doutait qu'elle était loin d'être convaincue. Car s'il savait une chose de Nicky, c'est bien qu'elle était têtue.

Ils lavèrent leur tasse, puis ils reprirent leur garde.

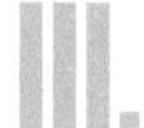

Vers 15 heures, le téléphone du commissariat sonna. Rui prit l'appel, puis il tendit le combiné à Nicky avec une petite mimique du style « je te l'avais bien dit ».

– C'est pour toi !

– Oui, Nicky Roeder, j'écoute ?

– Ici c'est l'inspecteur Tedesco. Je suis en charge de l'affaire Grangé.

– Oui, je sais.

– On m'a dit que c'est vous qui aviez demandé à rechercher le véhicule du disparu.

Nicky soupira.

– En effet. En fait, j'avais reçu l'épouse de monsieur Grangé quand elle était venue signaler sa disparition. Elle m'a parlé des activités de son mari à l'OTAN et j'ai trouvé cela suspect.

– Apparemment vous n'aviez pas tort. Avez-vous des infos qui pourraient nous être utiles ?

– Je pense que c'est une fausse piste, mais est-ce que vous saviez qu'il avait eu des soucis d'argent ?

– Oui, nous sommes au courant. Après analyse, nous ne pensons pas non plus que ce soit une explication plausible… Autre chose ?

Le ton était assez froid.

– Je pourrais me renseigner. J'ai un bon contact avec son épouse.

– Non. N'en faites rien. C'est nous qui nous en occupons. J'ai d'ailleurs appris que vous aviez hébergé Alicia Galera. Vous auriez dû nous en parler au préalable.

Cette fois, c'était clairement une remontrance. Nicky se mit sur la défensive.

– C'est que j'habite à côté, et c'est elle qui m'a contactée.

– Elle est impliquée...

– Vous ne la croyez quand même pas responsable de quoi que ce soit !

– Probablement pas. Mais on ne sait jamais. Gardez vos distances. Soyez professionnelle.

Professionnelle ? Nicky fut piquée au vif.

– Et vous ? Vous avancez dans votre enquête ? Cette femme est dans tous ses états. Elle est désespérée et n'a aucune nouvelle, ni de votre part ni d'éventuels ravisseurs !

– Calmez-vous. Bien entendu que nous avançons. On a d'ailleurs localisé le téléphone de son mari. Il a borné pour la dernière fois en rase campagne sur la route de Koerich. Puis, plus rien. Ce téléphone, on s'en est probablement débarrassé là-bas après l'avoir réduit en morceaux. Quant à Grangé, on l'a peut-être emmené au-delà de la frontière. Nous avons prévenu la police belge.

– S'il y a du nouveau, vous me le direz ?

– Suivez les infos sur RTL. Et si vous songez à quoi que ce soit d'important, ne le gardez pas pour vous, appelez-moi. Ne prenez plus d'initiative. C'est nous qui prenons l'affaire en main. C'est bien clair ?

– Oui... Très clair.

Nicky raccrocha et se mordit la lèvre. Elle avait eu tort de s'énerver. Ça risquait bien de lui retomber dessus.

N'empêche, ce type est un sale prétentieux. En plus, insinuer qu'Alicia Grangé pourrait être impliquée ! Bien entendu, elle est son épouse et on connaît de nombreux cas où des femmes ont joué un rôle fort trouble dans de telles circonstances... mais cette femme semble à ce point sincère dans sa détresse.

À cet instant, Nicky se souvint de cette phrase ambiguë qu'avait prononcée Alicia la veille au soir : « ... enfin, tout est presque réglé maintenant ». Que voulait-elle dire exactement ?

Et si elle y était quand même pour quelque chose ? Enlèvement bidon, mari liquidé, plus de dettes, assurance-vie... puis, elle jouait les victimes. D'ailleurs, pourquoi aussi avoir attendu le lendemain pour informer la police ? Son mari avait tout de même disparu depuis 24 heures !

Non, c'était absurde... mais d'une certaine façon, Tedesco n'avait pas tort. Elle devait se méfier de tous les protagonistes de cette affaire, les proches de la victime y compris. Nicky brûlait d'envie d'appeler Alicia, de l'informer de la découverte du dernier emplacement du téléphone, histoire de voir sa réaction, mais elle était probablement sur écoute. C'était la procédure dans ce genre de situation et étant donné la mise en garde de Tedesco, il valait mieux renoncer.

Rui, qui avait suivi de loin son échange avec l'inspecteur Tedesco, s'inquiéta.

– Qu'est-ce qu'ils te veulent les gars de la PJ ?

– Avoir mes infos sur l'enlèvement de Grangé.

– Il n'y a rien de neuf ?

– À part que je suis une petite conne, la seule nouvelle, c'est qu'on a repéré son téléphone.

– Il est resté allumé ?

– Non, on sait uniquement qu'il a borné une dernière fois du côté de Koerich.

Elle rumina quelques minutes, mais sa décision était déjà prise.

– Rui, j'ai encore un peu de temps avant d'aller chercher la petite, je vais aller jeter un coup d'œil dans ce coin.

– Tu es incorrigible… Fais quand même gaffe.

– Mais pas un mot à Berend, poursuivit Nicky. C'est lui qui est de permanence ce soir. Si en arrivant il demande pourquoi je suis déjà partie, dis-lui que j'ai dû y aller plus tôt à cause de ma fille.

– Bon. OK.

À 16 heures, Nicky Roeder quitta le commissariat et prit le chemin de Koerich.

IV.

Tout en conduisant, la jeune policière réfléchit.

La route vers Septfontaines est en travaux. Ils n'ont pas pu partir par là. Il y a aussi la route vers la Belgique. Mais auraient-ils pris le risque de passer la frontière ? Pas certain. De toute façon, si c'était le cas, c'est foutu.

Dans sa petite Renault, Nicky se mit à tourner sur les routes entre Roeder, Habbscht et Steinfort. Seuls quelques rares véhicules y circulaient encore. Le week-end, en cette saison, le coin n'était pas très fréquenté. Elle roulait doucement, observant les bas-côtés, les champs, les bâtiments, à la recherche de quelque chose, mais quoi ? Plusieurs fois, elle fut dépassée par d'autres voitures agacées par sa lenteur.

La lumière du jour faiblissait. Nicky regarda sa montre. Madame Da Silva lui ferait à nouveau la leçon. Quelques minutes encore et elle repartirait vers la ville. Les quelques minutes passèrent et lentement la nuit tomba sur la campagne.

Merde. Pardon Lea. C'est plus fort que moi. Je te le promets, je me rattraperai.

Alors qu'elle sortait d'une longue ligne droite, la jeune fille leva soudain le pied et s'arrêta.

Au bout d'un chemin de terre, en partie cachée par les arbres, il y avait une grange dont l'ombre se découpait sur le ciel sombre. Sans doute était-ce une sorte d'intuition, mais ce bâtiment avait immédiatement attiré son attention. Loin de tout, discret, en apparence abandonné… L'endroit idéal pour se livrer en toute impunité à des activités douteuses. Et puis surtout, dans l'obscurité où était maintenant plongée la campagne, une lueur filtrait entre les tôles rouillées de cette vieille grange, indiquant clairement une présence.

Quelqu'un était-il assez dingue pour venir passer la nuit dans ce trou perdu ?

Elle se gara un peu plus loin sur le terre-plein, là où un talus dissimulait sa voiture, puis elle s'avança en longeant la route.

Des traces de pneus qui se dessinaient sur la terre humide du chemin confirmèrent ses soupçons. On avait accédé récemment à ce bâtiment.

La jeune femme décida de s'approcher en passant par le petit bois qui bordait le terrain. Elle enjamba la clôture et pénétra dans le bosquet. La végétation était dense et elle dut se débattre avec les branchages qui lui fouettaient le visage et les bras. Pour y voir clair, elle fut un moment tentée d'allumer la lampe de son portable, mais elle y renonça de peur de se faire repérer. Après avoir lutté quelques minutes contre la végétation, Nicky Roeder parvint enfin en bordure du champ et en vue du bâtiment qui l'avait intriguée. Elle observa les lieux à travers le feuillage. Un van était stationné à l'arrière, mais personne n'était visible.

Que faire ? S'approcher plus encore ? C'était risqué. Reculer, prévenir les collègues ?

Elle en était là de ses réflexions... « *les collègues* ».

Un bruit derrière elle.

Pas le temps de se retourner.

Un choc violent.

Un terrible coup à l'arrière de la tête. Une douleur fulgurante. Un voile blanc.

Nicky Roeder s'effondra, inconsciente.

V.

Nicky Roeder mit longtemps à revenir à elle. Quand elle y parvint enfin, elle eut l'impression d'être en plein cauchemar. Que faisait-elle là, dans une obscurité presque complète ? Elle souffrait terriblement de la tête. Son crâne bourdonnait, sa respiration et ses battements de cœur y résonnaient furieusement. En redressant la tête, elle sentit sa nuque humide et poisseuse. Nicky se souvint du coup qu'elle avait reçu. Elle tenta en vain de bouger. Elle était assise sur un sol glacé, appuyée contre un poteau ou un pilier et les mains liées dans le dos.

La jeune fille perçut un mouvement derrière elle... Elle n'était pas seule.

– Qui est là ?

Une voix sourde, étranglée lui répondit.

– Grangé... je m'appelle Grangé. Et vous, vous êtes qui ?

– Nicky Roeder. Je suis de la police. Je vous cherchais.

L'homme soupira de soulagement.

– La police, enfin ! Je n'espérais plus ! Vos collègues vont rappliquer quand ?

Nicky se mordit la lèvre.

– Ils ne savent pas que je suis ici...

– Quoi ?

Elle gémit. Voilà que sa stupidité lui apparaissait au grand jour. Que devait-elle faire ? Mentir ? S'excuser ?

– Je n'étais sûre de rien, je voulais seulement vérifier. Puis, j'ai repéré ce hangar, je me suis approchée... et voilà.

– Quelle poisse !

Avant qu'il ne puisse ajouter des reproches à ceux qu'elle se faisait elle-même, elle enchaîna.

– Vous... vous allez comment, monsieur Grangé ?

– Ça a déjà été mieux. Et vous pouvez laisser tomber le « monsieur ». Je suis assis par terre, mes vêtements déchirés, dégueulasse, du sang séché sur la figure, et en plus sans cravate.

– Qu'est-ce qu'on vous veut ? Pourquoi vous ont-ils enlevé ?

– Pour me faire cracher des infos sur les projets dont je m'occupe.

– C'est ce que je suspectais. Vous leur avez parlé ?

– Oui. Pas le choix. Mais apparemment, ça ne leur suffit pas.

Nicky tentait de retrouver ses esprits. Elle s'en voulait de sa bêtise et de sa naïveté. Ce que Berend pensait d'elle était sans doute en dessous de la vérité. Elle s'était mise dans une merde pas possible en se jetant littéralement dans la gueule du loup. Quelques minutes passèrent. Nicky avait froid... Ce sol de béton, leur geôle emplie de courants d'air.

Grangé la sentit s'agiter nerveusement.

– Ça va ?

– Vous en avez de ces questions ! Non, ça ne va pas ! J'ai froid, mal à la tête. Et je me suis conduite comme une conne.

Nicky en aurait pleuré... et Lea qui l'attendrait en vain chez madame Da Silva. C'était d'ailleurs idiot de s'inquiéter pour ça, il y avait plus grave !

– Il nous faut sortir d'ici !

– À qui le dites-vous ? grogna Grangé. J'ai déjà essayé de

casser ou d'user mes liens, c'est impossible.

– Vous n'y arriverez pas. À mon avis, ce sont des ligatures en plastique comme on en utilise aussi chez nous lors des arrestations.

– Alors on fait quoi ? C'est vous qui êtes de la police !

– Si vous croyez que je me trouve régulièrement dans de telles situations, vous vous faites des illusions.

– Qu'est-ce qu'on va faire quand ils reviendront ?

Nicky Roeder réfléchit. Elle s'était assez apitoyée sur son sort. Il lui fallait se ressaisir, faire quelque chose. Elle prit un instant avant de répondre.

– En ce qui me concerne, s'ils reviennent, je ferai comme si j'étais toujours inconsciente. Ça me donnera peut-être l'occasion d'agir.

Les minutes s'écoulèrent, des minutes que l'obscurité rendait terriblement angoissantes.

– Mais qui sont ces gens, monsieur Grangé ?

– Les deux types que j'ai vus sont des Albanais ou des Kosovars. Je les ai entendus parler entre eux. J'ai participé à une mission là-bas. Au Kosovo.

Il soupira avant de poursuivre.

– Mais de toute façon, ça ne veut rien dire. Ce ne sont sans doute que des hommes de main, des mercenaires payés pour faire ce sale boulot.

– Payés par qui ?

– Les Russes, les Chinois, le Hezbollah, ou que sais-je encore ? Vous voulez la liste des pays ou des mouvements terroristes qui nous veulent du bien ?

– En tout cas, si ces hommes, quels qu'ils soient, savaient qui enlever, c'est qu'ils disposaient d'une source d'information au sein de votre organisation.

– Le problème, c'est qu'elle est bien vaste. Ce peut être n'importe lequel de mes contacts dans l'un des trente pays membres de l'OTAN.

– Je penserais pourtant à quelqu'un de plus proche.

– Que voulez-vous dire ?

À ce moment, la porte métallique grinça.

VI.

Mike Berend s'embêtait ferme devant son téléphone de permanence. Une fois de plus, c'était lui qui s'y collait, et la nuit s'annonçait longue. RAS jusqu'à présent, à part une bagarre d'ivrognes à la gare, vite réglée à l'arrivée de ses collègues. Mais toujours rien concernant son secteur. À la réflexion, tant mieux. Plutôt l'ennui que les emmerdes.

Le voyant du téléphone se mit à clignoter, un appel sur la ligne directe du commissariat.

– Police.

– Bonsoir, monsieur. Mon nom est Da Silva. Je suis désolée de vous importuner, mais je suis assez inquiète.

– Que se passe-t-il, madame ?

– Je garde la fille de l'une de vos collègues. Il est plus de 22 heures et elle n'est toujours pas là.

– Elle doit avoir eu un contretemps. Ne vous inquiétez pas, elle va certainement arriver ou vous téléphoner.

– Elle m'aurait appelée depuis longtemps ; elle devait passer prendre la petite à 19 heures au plus tard ! J'ai essayé de la joindre, mais son téléphone est en dérangement !

Le policier de permanence commença à se montrer intrigué. Il aperçut la veste de Nicky qui pendait au portemanteau et il eut un doute.

– Mais quel est le nom de cette collègue, madame ?

Une lumière crue éclaira brutalement le hangar, jetant des ombres inquiétantes sur les murs de tôle.

Le boxeur venait de faire son entrée. Négligemment, il heurta du pied la jambe de Nicky. Elle resta sans réaction.

– Tiens donc… votre copine dort toujours !

– Oui, avec le coup que vous lui avez donné, ce n'est pas étonnant.

– Quoi qu'il en soit, nous allons nous en débarrasser. Mes patrons n'aiment pas les curieux.

– Vous êtes des monstres.

– Vous voyez ce qui vous attend si vous n'êtes pas coopératif ?

L'homme sortit un couteau et coupa d'un coup sec le lien qui rattachait Nicky au poteau, puis il attrapa la jeune femme sous les bras et la força à se redresser, mais à sa grande surprise, elle se détendit tel un ressort lui assénant un formidable coup de tête en pleine figure. Le nez du type explosa littéralement. Avant qu'il n'ait pu réagir, il prit un terrible coup dans les parties qui le plia en deux de douleur. Puis, de toute la force de ses petits bras, Nicky Roeder le fit basculer et il heurta de la tête le poteau métallique. L'homme s'effondra, gémit, puis ne bougea plus.

Nicky se redressa en sueur. Elle tremblait de tout son corps. En quelques secondes, elle venait de rentabiliser une année de cotisation à son cours de Krav-maga !

– Il est mort ? interrogea Grangé.

– Non, il est seulement sonné… Nous ferions mieux de filer !

Elle récupéra le couteau qu'avait lâché son ravisseur, puis libéra Grangé.

L'homme sur le sol se mit à remuer.

– Vite, partons d'ici !

Ils se dirigèrent vers la porte et la jeune femme y colla son oreille. Mauvaise surprise, on entendait clairement derrière celle-ci les échos d'une conversation animée.

– On ne peut pas sortir par là.

Elle porta son regard sur les interstices qu'elle avait remarqués plus tôt entre les tôles métalliques.

– Venez m'aider !

À deux, ils parvinrent à écarter sans bruit l'un des panneaux et se glissèrent à l'extérieur.

La nuit était froide, glacée. Ils s'éloignèrent aussi discrètement que possible du bâtiment. Il leur fallait disparaître au plus vite, mais dès qu'ils eurent atteint l'orée du bois, un hurlement se fit entendre quelques dizaines de mètres derrière eux. Un cri de colère, une volée d'insultes dans cette langue étrange que Nicky fort heureusement ne comprenait pas.

– Merde, le type s'est réveillé ! souffla la jeune policière.

– Partons dans cette direction, je crois voir une route...

– Je sais, c'est là que j'ai laissé ma voiture, mais c'est le premier endroit où ils nous chercheront !

Évitant donc la route, ils filèrent dans le bosquet. Dans le noir total, trébuchant sur les branches mortes, les trous et les bosses, ils finirent par atteindre un chemin de terre. Au loin, on apercevait des lumières orangées et le clocher d'une église.

– Là-bas, il y a un village. Il faut y parvenir à tout prix ! Nous pourrons y demander de l'aide. Il ne nous reste que ces champs à traverser.

À bout de souffle, Charles Grangé s'était appuyé contre un tronc.

– Je suis épuisé. Allez-y sans moi.

– Pas question ! Courage ! Nous y sommes presque.

À ce moment, de petits flashs bleus éclairèrent la nuit. Un véhicule avançait lentement en bordure du champ. Nicky plissa les yeux... pas d'erreur possible, c'était un break blanc de la police. Elle courut jusqu'à la route, criant, agitant les bras. Brusquement, le break s'arrêta et un policier en uniforme en descendit. Bientôt la jeune femme ne fut qu'à quelques mètres de lui.

– Vous êtes le brigadier Roeder ?

Elle le reconnut, c'était un homme du commissariat de Capellen. Elle l'aurait bien embrassé.

– Oui, c'est bien moi. Vous ne pouvez pas savoir à quel point je suis heureuse de vous voir !

– Voilà une heure que nous tentons de vous retrouver !

– Me retrouver ? interrogea-t-elle bêtement.

– L'un de vos collègues nous a prévenus.

Puis, le regard du policier se porta vers le champ. Un homme venait d'émerger du bois en titubant, en chemise, le pantalon déchiré et boueux.

– Mais c'est qui, ce type ? demanda le policier interloqué.

– C'est celui que tout le monde recherche... Charles Grangé !

Rtl.lu. Urgent.

Une opération de police est en cours dans la région de Roesner. On y aurait retrouvé Charles Grangé, l'homme disparu mercredi dernier. Les forces de l'ordre sont à la recherche des ravisseurs et demandent aux habitants du secteur de rester chez eux. De plus amples informations suivront.

Depuis un quart d'heure, Nicky avait rejoint Rui dans la camionnette postée à une centaine de mètres de la grange où elle avait été retenue. Des véhicules banalisés munis de gyrophares bloquaient le chemin d'accès au hangar. Des voitures et des combis des unités environnantes s'agglutinaient le long de la nationale. Derrière eux, des hommes en civil et en uniforme attendaient prudemment tandis qu'un hélicoptère, invisible dans la nuit, tournoyait au-dessus de la zone.

– Tu as eu de la chance que j'ai parlé de ton escapade à Mike Berend. Au moins nous savions où te chercher. Ça fait un bon moment que nous étions plusieurs à tourner en rond dans le secteur. Te voilà en sécurité. Tu l'as sans doute échappé belle ! Apparemment, tu n'as rien.

Estimant que jouer les grands blessés risquait d'aggraver son cas, Nicky préféra minimiser les choses.

– Sans doute seulement une belle bosse, mais oui je vais bien. C'est pour ma fille que je m'inquiète. Elle est encore chez sa nounou.

– C'est justement cette dame qui nous a appelés. Elle s'en occupe, ne te tracasse pas avec ça. Nous l'avons déjà prévenue que nous t'avons retrouvée.

Nicky se pencha vers la fenêtre. Des projecteurs éclairaient la grange de pleins feux. Dans la lueur des phares, on devinait les policiers, les armes à la main, abrités derrière leur véhicule.

– Qu'est-ce qu'on attend ?

– Que les USP aient inspecté les lieux. Sait-on jamais. Mais a priori, nous arrivons trop tard. Tes ravisseurs ont filé.

Plusieurs policiers des unités spéciales venaient à l'instant de quitter la grange. Le premier ôta son casque et leur adressa un signe rassurant.

– Tu vois, il n'y a plus personne, visiblement, ils ont décampé.

– Où est passé Charles Grangé ?

– Ils l'ont emmené à l'hosto. Tu l'y suivras bientôt, il vaut mieux vérifier que tu es OK. Mais auparavant, il y a là-bas quelqu'un qui a deux mots à te dire.

Voilà qui ne présageait rien de bon. Nicky fut conduite dans l'un des combis. On la fit asseoir et elle attendit, écoutant distraitement les voix qui grésillaient sur le réseau Restena de la police.

Un homme fit son entrée, se courbant pour ne pas se heurter la tête. Grand, brun, plutôt beau gosse.

Tedesco.

Il s'accouda sur la tablette en la considérant d'un air détaché.

– Ainsi, c'est vous Nicky Roeder…

Elle hocha la tête.

– N'avions-nous pas convenu que vous ne prendriez aucune initiative ?

– Je passais et...

– Taisez-vous. Vous n'aviez rien à faire dans le coin et encore moins sans nous en informer. Vous avez risqué votre vie et celle de l'otage. Vous en êtes consciente ?

– Je suis désolée.

– Bon... Vous êtes saine et sauve, c'est le principal. Et nous avons retrouvé Charles Grangé. Mais vous n'avez pas intérêt à trop vous vanter de vos exploits. Dans la police, on n'aime pas les gens qui jouent ainsi en solo.

Elle baissa les yeux et tenta maladroitement de se débarrasser des taches de boue sur ses genoux.

– Maintenant expliquez-moi exactement ce qui s'est passé, y compris ce qui a fait que, « par hasard », vous vous êtes retrouvée dans ce merdier !

Nicky était nerveusement épuisée, sa blessure à la tête la faisait souffrir, lui donnant l'impression par moments que quelqu'un lui tirait les cheveux. Elle commença à raconter, en s'efforçant de mettre de l'ordre dans ses idées. Pourtant, malgré sa bonne volonté, elle avait l'impression de n'offrir qu'un récit décousu des événements. Tedesco l'écouta jusqu'à ce que Rui vienne mettre un terme à cet interrogatoire.

– Désolé, mais le brigadier Roeder doit passer à l'hôpital pour un check ! Je vous l'enlève !

Le policier de la PJ se le tint pour dit.

– Bien. Nous nous reverrons plus tard dans de meilleures conditions.

Alors qu'elle quittait le combi, il ajouta :

– Et maintenant reposez-vous ! Plus d'initiatives intempestives et nous serons quittes pour cette fois !

Rui l'emmena.

– Je vais te conduire au CHL. Tu dois voir un médecin.

– Non, je veux rentrer chez moi et voir ma fille ! souffla Nicky.

Le contrecoup, sans doute, elle avait les larmes aux yeux.

– Ta bonne dame s'en occupe, je te l'ai dit.

Comme l'aurait fait un frère, il la prit par le bras, la mena vers sa voiture et la fit asseoir.

– Ça ira mieux demain, Nicky.

Elle ne répondit pas et appuya sa tête contre la vitre.

En pleine nuit, l'hôpital semblait dormir, seul le service des urgences était encore en pleine animation. Une dizaine de personnes patientaient en salle d'attente. Des petits bobos, des fièvres, un bras cassé. Quand son tour arriva, Nicky fut prise en charge par une infirmière, puis par un médecin qui examina rapidement la blessure.

– Vous en êtes quitte pour deux ou trois points de suture, une belle bosse et quelques jours d'arrêt de travail.

Était-ce la fatigue, l'accumulation des émotions, mais alors que le médecin suturait sa plaie, Nicky pâlit et faillit tourner de l'œil.

– J'ai bientôt fini. Détendez-vous.

Dès qu'il eut terminé, le docteur sortit pour parler à une personne du service, puis il revint vers la jeune femme.

– Par précaution, je préfère vous garder jusqu'à demain. N'hésitez pas à m'appeler si vous avez des maux de tête ou si vous ne vous sentez pas bien.

Nicky se laissa mener à l'étage et on lui assigna une chambre.

Comme un automate, elle se débarrassa de ses vêtements, enfila la chemise d'hôpital que lui avait remise une infirmière, puis elle se glissa dans le lit.

Elle devinait des pas dans le couloir, des murmures, des bruits assourdis. Elle se sentait en sécurité. Quelques minutes plus tard, elle ferma les yeux et sombra dans un profond sommeil.

DIMANCHE

I.

Au petit matin, Nicky eut droit à un petit-déjeuner d'hôpital. Café Muckefuck[1], tartines de pain complet accompagnées d'une noix de beurre, d'une cuillerée de confiture et d'une tranche de fromage sans goût.

Une aide-soignante vint lui enlever son plateau.

– Le médecin dit que vous pouvez sortir. Passez au bureau des infirmières, on vous remettra les papiers.

Nicky enfila sans enthousiasme ses vêtements de la veille. Un pantalon maculé de boue aux genoux, et un polo dont le col était raide de sang séché.

En fait de bon de sortie, on remit à la jeune femme le formulaire de couleur confirmant un arrêt de travail de quatre jours. Alors qu'elle saluait les infirmières, une dame vêtue d'un tailleur bleu l'interpella.

– Vous être bien madame Roeder ?

– Oui, c'est moi.

– Pouvez-vous me suivre ? Des gens veulent vous parler.

Docile, Nicky l'accompagna. Elles prirent l'ascenseur, et, au rez-de-chaussée, se rendirent dans l'aile administrative du CHL.

– C'est ici.

---

[1] Ersatz de café, jus de chaussette.

Deux hommes occupaient le bureau. Ils se levèrent quand elle entra. L'un était un jeune aux traits anguleux, l'autre un type triste, grisonnant, en costume, et qui semblait revenir d'un enterrement.

– Bonjour madame Roeder. Veuillez vous asseoir.

– Mais qui êtes-vous ?

Ils exhibèrent une carte flanquée des couleurs du drapeau national.

– Nous sommes du SREL, le service de renseignement de l'État. Nous souhaitons vous interroger. Et nous voulions le faire avant que vous ne preniez de nouvelles initiatives !

L'accueil était plutôt froid.

Nicky Roeder dut une fois encore expliquer comment elle avait été assommée, s'était retrouvée attachée à un poteau et avait réussi à s'échapper en compagnie de Charles Grangé.

– Pourriez-vous décrire cet homme qui tentait de vous emmener ?

– Je ne l'ai vu que brièvement, mais il était nettement plus grand que moi et assez costaud. Chauve, le nez écrasé.

– Et vous l'avez assommé...

– Euh... oui, c'est ça.

– Donc ce petit bout de femme que j'ai devant moi a mis au tapis un type de cent kilos !

Nicky haussa les épaules dans un geste d'impuissance. C'est à cet instant qu'elle prit soudain conscience du risque qu'elle avait pris en s'attaquant à un tel individu.

Le plus âgé des agents la fixa.

– Ce qui nous intrigue un peu, voyez-vous, ce sont moins les circonstances de votre évasion que votre présence sur les lieux ! Vous étiez chargée de l'enquête ?

– Euh... pas vraiment. C'est l'inspecteur Tedesco de la PJ qui s'en occupe.

– Alors que faisiez-vous là ?

Nicky se sentit de nouveau assez mal à l'aise.

– J'avais appris que le téléphone de monsieur Grangé avait borné vers Koerich, alors comme j'étais dans le coin, je suis allée y jeter un coup d'œil, et ce bâtiment a attiré mon attention.

Les deux hommes échangèrent un regard entendu.

– Il faudra éclaircir tout ça. Quoi qu'il en soit, vous avez libéré cet otage et c'est cela qui compte.

Le ton de l'interrogateur s'était adouci. Nicky retrouvait quelque peu ses moyens et sa curiosité reprit le dessus.

– Mais en fait, qui étaient ces kidnappeurs ?

– Au dire de monsieur Grangé, ce sont des Albanais ou des Kosovars. Si nous n'avons retrouvé personne sur le site de l'enlèvement, il y a néanmoins de nombreux indices à exploiter, y compris des empreintes et des traces ADN qui sont en cours d'analyse.

Nicky Roeder écoutait ses explications, perplexe.

– En réalité, je ne saisis pas bien... Qui finalement est responsable de cette affaire ? La PJ ou le SREL ? La PJ m'a déjà interrogée hier.

– La cellule de recherche des personnes disparues de la PJ est chargée de la recherche des personnes disparues. Logique. Le SREL, lui, c'est-à-dire nous, est responsable de tout ce qui touche à la sécurité de l'État.

Les auteurs de cet enlèvement constituent-ils un danger potentiel pour le Luxembourg ? Voilà la question à laquelle nous sommes chargés de répondre. Monsieur Grangé a été retrouvé, nous prenons donc le relais de la PJ. Vous comprenez ?

Ce type la prenait vraiment pour une débile.

– Ça ira, merci !

Sentant poindre son mauvais caractère, elle préféra changer de sujet.

– Dites-moi plutôt comment se porte monsieur Grangé.

– Il va bien, mais nous devrons le retenir encore quelque temps pour l'interroger.

– Je pense qu'il aimerait rentrer chez lui. Sa femme l'attend.

– Elle a pu lui rendre visite cette nuit et, si les médecins l'autorisent, il sera à la maison d'ici quelques heures. Mais tant que nous n'aurons pas tiré au clair toute cette affaire, nous garderons un œil sur lui !

L'agent fit glisser sur la table un Smartphone.

– Voici votre téléphone que nous avons retrouvé sur place. Je vous rends également les clés de votre voiture. Elle vous attend sur le petit parking à côté de l'hôpital.

– Merci.

Cette fois, il sourit.

– C'était la moindre des choses.

Alors que Nicky Roeder quittait le CHL, elle consulta son portable. Sa mère avait appelé une bonne dizaine de fois et laissé une série de textos. Elle n'avait vraiment pas envie de s'expliquer pour l'instant avec elle. Elle la rappellerait plus tard. Nicky était à peine installée au volant de sa voiture que son téléphone sonna. Soulagée, la jeune fille reconnut immédiatement la voix aux intonations modulées d'Alicia Galera.

– Alors, c'est toi qui as libéré Charles ?

– En quelque sorte, oui. Disons que nous nous sommes libérés ensemble...

– Je ne sais comment te remercier.

– Ton mari sera bientôt de retour.

– On vient de me prévenir, merci. J'espère que nous nous reverrons un de ces jours.

– J'en suis certaine... Je dois te laisser.

Nicky était prise soudain d'un violent mal de tête. Le médecin qui lui avait conseillé de se reposer n'avait sans doute pas tout à fait tort.

II.

Nicky retrouva sa fille chez madame Da Silva. Quand celle-ci la découvrit, les vêtements sales et crottés, elle grimaça.

– Tu devrais te changer, ma chère Nicky. On dirait que tu es passée sous un camion !

Elle lui offrit un chemisier et un pantalon de sa fille Anabela, puis, voyant son état de fatigue, elle s'apitoya.

– Je ne suis pas certaine que tu capable de rentrer chez toi et de t'occuper de la petite Lea. Reste donc ici quelques heures et prends un peu de repos.

– C'est volontiers. Je me sens vidée.

– Et tu vas me goûter ma lasagne au thon. Ça te remettra d'aplomb !

Ce n'était pas de refus. Nicky appréciait toujours la cuisine de madame Da Silva.

Pendant le repas, elles parlèrent de choses et d'autres, mais Nicky évita d'évoquer son aventure. Si elle éprouvait une réelle satisfaction d'avoir sauvé Grangé des pattes de ses ravisseurs, elle était bien consciente que ce n'était que la conséquence heureuse de son manque de prudence.

Après le café, la jeune femme s'étendit tout habillée dans la chambre et dormit tout son soûl. Quand elle s'éveilla, il était près de dix-huit heures.

– Ta maman a appelé. Elle s'inquiétait pour toi. L'histoire avec l'opération de police...

– Je la rappellerai plus tard. Je vais rentrer chez moi. Je ne sais comment vous remercier, madame Da Silva.

– Ça m'a fait plaisir. On se voit demain ?

– Je ne le pense pas. Je suis en congé de maladie et je compte bien en profiter !

Nicky reprit la route de son appartement.

Une fois Lea mise au lit, la jeune femme s'installa dans son salon avec un verre de vin. Elle grignota quelques galettes de riz en regardant les infos. On évoquait la libération de Charles Grangé, mais en restant évasif sur les circonstances de celle-ci. Puis, on passa à autre chose. La bulle immobilière, la Russie, la hausse de l'index, la tornade aux États-Unis. L'actualité était ainsi faite que certains sujets n'y surnageaient pas bien longtemps.

De nouveau Nicky se sentit seule.

Seule, mais heureuse et tellement soulagée.

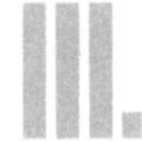

Toujours à l'hôpital, Charles Grangé avait pu revoir son épouse pendant quelques minutes. Encore sous le choc, il avait été incapable de raconter à celle-ci tout ce qu'il avait vécu. Ils s'étaient contentés de se tenir par la main, de s'embrasser, puis Alicia l'avait laissé aux bons soins du personnel médical. Son mari était épuisé et on préférait le garder quelque temps sous surveillance.

Il ne ferma pas l'œil de la nuit, moins à cause des douleurs que des images qui le tourmentaient. Même dans le confort relatif de sa chambre d'hôpital, il revoyait les murs de sa prison, la face bestiale de son bourreau, les coups. Il n'avait qu'une envie : rentrer chez lui, retrouver Alicia et reprendre sa vie. Malgré son état général peu satisfaisant, le médecin ne lui avait rien trouvé de critique. Il lui faudrait du repos, et les ecchymoses qui lui marquaient le visage finiraient par disparaître d'elles-mêmes.

Au matin, il s'était enfin assoupi. C'est en s'éveillant qu'il découvrit, installés dans les sièges de la chambre, deux individus à la mine quelque peu sinistre. Un jeune gars inexpressif, un autre plus âgé et grisonnant.

– Bonjour monsieur Grangé. J'espère que vous vous sentez mieux.

– Je ne dirais pas ça... Et vous êtes qui ?

– Nous sommes du SREL, le service de renseignement de l'État. Nous souhaitons vous interroger.

– J'ai déjà tout raconté cette nuit à votre collègue de la PJ.

– Ça n'a rien à voir.

L'interrogatoire dura plus d'une heure. Le type aux cheveux gris posait les questions, le jeune prenait des notes sur sa tablette. En réalité Grangé ne savait pas grand-chose. Il avait bien en mémoire la tête du boxeur, une idée de la provenance de ses ravisseurs, mais sans plus. Quant à la nature des informations qu'il avait divulguées, il se garda bien d'en dire trop.

Vers dix heures ses interlocuteurs se fatiguèrent eux aussi et le libérèrent.

Il pensait en avoir fini avec les questions... quand en sortant de sa chambre, il tomba sur Frederiksen et son adjoint. La NSPA ne l'avait pas oublié, et s'ils étaient là, ce n'était pas pour lui apporter des fleurs.

– Bonjour, monsieur Grangé. Nous souhaitons vous interroger...

LUNDI

I.

Cela faisait des mois que Nicky était prise par un travail aux horaires fluctuants. Sans parler de l'histoire d'enlèvement qui n'avait fait qu'aggraver les choses. Les quatre jours d'arrêt maladie que lui avait accordés le médecin allaient lui permettre de passer enfin du temps avec sa fille ! Quand ce lundi matin Nicky la sortit de son lit, Lea sembla accueillir joyeusement cette nouvelle en répétant « Mama, Mama ». Elle connaissait trois mots : « Mama », pour Nicky ; « baba », pour son biberon ; et « kiki », indifféremment pour son doudou, pour les chiens, les chats et les voitures. C'était une petite fille si facile, qui faisait ses nuits, se réjouissait de tout et mangeait avec appétit ce que sa mère lui présentait. Depuis quelques mois, elle adorait les légumes, en particulier les carottes, dont les taches indélébiles garnissaient maintenant la moquette et l'un des murs du salon.

La jeune femme déposa Lea sur le tapis et la regarda partir à la découverte de l'appartement. Elle filait à quatre pattes, sous les chaises, sous la table, puis se redressait en s'accrochant aux meubles. Plus d'une fois, sous les encouragements de Nicky, la petite fit quelques pas maladroits, avant de retomber sur le sol en riant, tout heureuse de son audace.

Le temps était magnifique, une promenade au parc leur aurait fait du bien à toutes les deux... Hélas, « Congé de maladie » signifiait « sortie interdite ». Un moment, Nicky fut tentée d'appeler Sandra, son unique amie, mais celle-ci travaillait dans un commerce à Esch et ne pourrait pas se déplacer avant ce soir.

Finalement, le seul dérangement dans cette splendide matinée fut un coup de fil de sa mère.

– Que se passe-t-il ? Deux jours que je n'arrive pas à te joindre. Même sur ce truc que tu as mis sur mon téléphone... ce whats-op.

– J'étais très occupée.

– Un dimanche ?

– Oui, il y avait une affaire à régler.

– J'espère bien que tu n'es pas mêlée à cette opération dont on a parlé sur RTL.

– Ne t'inquiète pas, Maman. Tout va bien.

C'est évidemment le moment que choisit Lea pour se mettre à pleurer.

– Qu'est-ce qu'elle a, cette pauvre petite ?

– Rien de grave, elle veut attraper mes clés qui sont sur la table et elle n'y arrive pas.

– Elle fait sans doute ses dents. Tu devrais lui donner du Gingival.

– Oui, maman.

– Je te sens fatiguée. Pourquoi ne viendrais-tu pas passer le prochain week-end à la maison ? Tu pourrais te reposer pendant que moi, je m'occupe de Lea.

Nous y voilà...

– C'est gentil, Maman, mais je serai sans doute encore de garde. Une autre fois peut-être.

Sa mère n'apprécia sans doute pas que sa fille décline à nouveau son invitation, mais prudemment, elle n'en dit rien.

– À propos, Nicky, nous avons passé hier un après-midi merveilleux avec ton frère. Il nous a présenté Stéphanie, une jeune fille très bien.

– J'en suis certaine… Je dois te laisser, Lea fait des bêtises.

– Embrasse-la bien de ma part. Et j'espère vous voir toutes deux un prochain week-end !

– C'est promis, Maman. À bientôt.

Pourquoi les discussions avec ma mère tournent-elles toujours ainsi ? Son inquiétude et cette bienveillance condescendante me sont insupportables. Peut-être aussi devrais-je un jour renoncer à couver Lea comme le ferait une poule avec son poussin.

Vers midi, Nicky Roeder se fit livrer une pizza, puis elle profita avec sa fille d'une sieste de plusieurs heures. Ensuite, il y eut le bain, puis le biberon du soir. Le temps passait si vite.

Ce fut pour Nicky une journée merveilleuse, un peu de bonheur retrouvé.

Pourtant, quand la nuit tomba, la jeune femme ne parvint pas à fermer l'œil. Les événements de ces dernières heures lui tournaient dans la tête.

Et elle le savait, demain, congé de maladie ou pas, elle ne pourrait pas s'empêcher de reprendre le travail.

MARDI

I.

Nicky ? Déjà sur pied ?

Rui accueillit sa collègue avec une expression curieuse qui mélangeait surprise et soulagement.

– Dans l'état où je t'ai trouvée, ma petite Nicky, je pensais ne plus te revoir avant la semaine prochaine.

– Je vais bien. Je m'ennuyais.

– Tu es maso, oui !

Elle sourit.

– Sans doute un peu !

– Au fait, il me semble que tu ferais bien de passer voir le commissaire. Je l'ai entendu plusieurs fois prononcer ton nom, et ce n'était pas sur un ton particulièrement chaleureux.

– *O vreck*[1] !

Il fallait s'y attendre. Pourquoi reculer ? Elle partit droit vers son bureau.

La porte était ouverte. Elle frappa timidement sur le battant et son supérieur releva son crâne chauve auréolé de cheveux blancs. Le commissaire Schartz était à deux ans de la retraite et, à l'instar de Berend, il fuyait comme la peste toute source d'embêtement. Et en fait de source

---

[1] Merde !

d'embêtement, apparemment, Nicky Roeder en était une belle !

– Nicky ! *Nondikass* ! Il faut qu'on parle tous les deux !

Elle entra et s'assit, les mains posées sur les genoux. La jeune femme aurait voulu disparaître dans son gilet pare-balles. L'espace d'un instant, elle se remémora sa convocation chez le proviseur alors qu'elle avait été surprise à fumer dans les toilettes.

– Qu'es-tu es allée foutre là-bas ? Tu aurais pu te faire tuer ! En plus, j'ai eu droit à un sermon du commissaire Araujo de la PJ sur le respect des prérogatives de nos différentes directions. Si tu crois que j'ai besoin de ça ? Qu'on me fasse la leçon comme à un gamin, après trente ans de carrière ?

Il soupira avant de reprendre.

– Bon, en réalité, je pense qu'il est surtout vexé que ce ne soit pas son service qui a mis la main sur Grangé. Il faut bien reconnaître que tu lui a retiré une belle épine du pied : un agent de l'OTAN enlevé au nez et à la barbe des autorités luxembourgeoises, c'est pas ce qu'il y a de plus génial pour notre image. Bref, je ne sais pas si je dois te féliciter ou te passer un savon !

– Euh... je préfère les félicitations.

Schartz en retrouva le sourire.

– À propos. Le LNS[1] vient de rendre ses conclusions. Un des ADN récupérés sur place a parlé. (Il attrapa ses lunettes et déchiffra un mail à l'écran). Il appartient à un certain Polichtchouk. Un avis de recherche d'Europol avait déjà été émis à son encontre. Complicité de trafic

---

[1] LNS : Laboratoire national de santé.

d'êtres humains et trafic d'armes. C'est apparemment un type qui loue ses services au plus offrant.

Le commissaire eut un geste d'impuissance.

– J'ai bien peur que la piste ne s'arrête là. Le SREL te mettra encore certainement sur le gril, mais je te couvrirai…

– Merci.

– … si du moins tu cesses de foutre ton nez où tu ne dois pas !

– Euh… oui.

– Alors pour commencer, tu vas respecter cet arrêt de travail que t'a prescrit le médecin. Si j'ai bonne mémoire, il était question de plusieurs jours de repos ! Je ne veux pas te voir ici avant après-demain !

Elle se le tint pour dit et sortit du bureau avec le sentiment de s'en être tirée à bon compte.

11.

Nicky se résolut à se plier aux injonctions de son patron. Elle quitta le commissariat et rentra à l'appartement. Madame Da Silva prenait soin de Lea ; la jeune femme aurait donc tout le loisir de se reposer et de tenter d'oublier cet épisode malheureux.

Ses bonnes dispositions ne durèrent pas longtemps. En début d'après-midi, elle ne put résister à l'envie d'appeler Alicia Galera.

– Alicia ? C'est Nicky. Je voulais prendre de tes nouvelles.

– On fait aller.

– Sans plus ?

Long soupir.

– Je suis contente d'avoir récupéré mon mari, mais je ne te cache pas qu'il m'inquiète un peu. Je le trouve morose, préoccupé. Il tourne en rond comme un lion en cage et je n'arrive pas à en tirer un mot.

– Je peux lui parler ?

– Je te le passe.

– Comment ça va, monsieur Grangé ? Vous vous remettez de notre aventure ?

– Pas vraiment.

– Comment ça ?

– Je préfère ne pas trop discuter de ça au téléphone...

Cette réponse intrigua Nicky. Celui qui ne veut pas trop en dire a forcément des choses à raconter. Elle n'était pas censée quitter la maison, mais tant pis.

– Si vous voulez, je peux passer chez vous.

– J'aimerais mieux pas, mais je dois venir en ville faire une radio. On peut se voir place d'Armes un peu après... disons vers 16 heures ?

Elle n'hésita pas longtemps.

– J'y serai !

Nicky Roeder et Charles Grangé se retrouvèrent au Café de Paris. Grangé entra dans l'établissement alors que Nicky avait déjà pris place à une table près de la fenêtre. Quand il lui tendit la main, la jeune femme entrevit des traces rouges sur ses poignets, mais c'était surtout ces marques sur son visage qui rappelaient ce que cet homme avait subi. Une paupière gonflée, des bleus virant au jaune sur le côté gauche, un pansement sur la tempe.

Ils commandèrent tous deux un café.

Pendant que le garçon les servait, Nicky observait son vis-à-vis, toujours silencieux. Un mouchoir à la main, il nettoyait consciencieusement ses lunettes. Sans elles et avec ses bleus sur la figure, il avait l'air terriblement vulnérable.

– Alors, ce n'est pas la grande forme semble-t-il ?

– En effet, c'est pas génial. On m'a mis en congé pour trois semaines. Mais ma boîte ne me lâche pas. Je me suis fait cuisiner pendant des heures par les gars de la sécurité, sans compter les deux interrogatoires par vos collègues. Franchement, je me croyais solide, pourtant, je ne m'en remets pas. Je pense que c'est le contrecoup.

– Pour tout vous dire, c'est un peu dur pour moi aussi... Vous parlez avec votre femme de ce que vous avez subi ?

– Je n'y arrive pas. Elle-même en est perturbée. Elle s'efforce d'être gentille, elle tente de me distraire avec nos projets, le gosse, la maison et tout ça. Et moi, j'ai sans cesse en tête l'image de ce type horrible qui me file des coups de poing, les ténèbres du hangar, ces heures d'attente qui n'en finissent pas.

– Et vous avez réussi à dormir ?

– Très mal. Toute la nuit dernière, j'ai fait à plusieurs reprises des cauchemars. À chaque fois, je me réveillais en sueur. Finalement, j'ai préféré me lever et je suis allé surfer sur Internet jusqu'au petit matin.

– Vous devriez vous confier à quelqu'un, raconter ce que vous avez vécu. Si vous n'y arrivez pas, écrivez. Il paraît que ça aide.

– Je peux essayer.

– Sinon, voyez un psy. Ils ne sont pas tous mauvais.

– Oui, je devrais peut-être.

– Moi-même, je dois en voir un. Je n'ai pas trop le choix, c'est la procédure. Je suis convoquée la semaine prochaine.

– Vous en avez besoin ?

– Je ne crois pas. Ça va déjà mieux. La seule chose qui m'a traumatisée, il me semble, c'est la peur que j'ai eue de ne plus revoir ma fille. Alors j'essaye de passer un peu plus de temps avec elle.

Grangé tournait distraitement sa cuillère dans son café.

– Ça aide peut-être d'avoir des gosses.

– Oui, ça aide.

Nicky repensa à Lea. Il serait bientôt l'heure d'aller la chercher. Grangé, lui, avait le regard perdu dans le vide. La jeune femme tenta de le sortir de sa rêverie.

– Et comment va Alicia ?

– Bien... enfin plus ou moins bien. Elle a besoin d'un peu de temps. Elle vous est terriblement reconnaissante.

– C'est une chouette fille.

– Je sais, mais elle a pris tout ça assez mal. Je crois que cet épisode lui a foutu une trouille d'enfer.

– Je le pense aussi, mais elle s'en remettra.

– En conclusion... tout est bien qui finit bien.

Nicky fit une petite grimace.

– Pas vraiment...

– Que voulez-vous dire ?

– Vos geôliers courent encore, et on ne sait toujours pas qui sont les commanditaires de votre enlèvement.

Il fronça les sourcils.

– En effet... Vous continuez à chercher ?

– Oui. Enfin, pas moi, la PJ et sans doute le service de renseignement luxembourgeois.

– Vous leur faites confiance ?

– Je n'en sais rien. En réalité ce n'est pas ça qui m'inquiète le plus.

– Quoi donc ?

– Je suis persuadée que quelqu'un de proche les a renseignés sur vous.

Il parut surpris.

– Vous le pensez vraiment ?

– Oui. Il fallait être au courant que vous traitiez ce dossier, connaître vos habitudes pour savoir où et quand vous intercepter.

– Sans doute.

– Vous n'auriez pas une idée ?

Mal à l'aise, Grangé ôta ses lunettes et les nettoya à nouveau.

– Non, aucune. Je suis toujours hyper discret à propos de mon travail et j'ai entière confiance en mes proches. Alicia, forcément. Quant à Steve, c'est une vraie tombe.

– Et votre ex ?

– Elle est juriste. Je ne pense pas qu'elle prendrait le risque de se compromettre dans une telle histoire.

– Si vous le dites...

– À propos, vous parlez l'albanais ?

– Quelques mots. J'ai travaillé au Kosovo il n'y a pas si longtemps. Pourquoi cette question ?

– Alors que nous nous échappions, le type derrière nous a hurlé quelque chose comme « couvert épiste ! » Ça me résonne encore dans la tête. Ça veut dire quoi ?

Il rit.

– Voilà le genre d'expression dont j'ai malheureusement gardé le souvenir. Je suis désolé, mais « kurvë e pistë », ça veut dire plus ou moins « sale chienne », et encore, je vous épargne la traduction littérale !

– Sympa...

Un peu plus tard, ils se séparèrent au Royal Hamilius.

– Vous me tenez au courant s'il y a du nouveau ?

– Si j'en suis moi-même informée, oui, sans faute. Et vous, soyez prudent.

Il eut un petit rire.

– Je ne risque plus grand-chose...

Quand il s'éloigna, Nicky remarqua dans la foule un homme de haute stature, les épaules carrées, les cheveux coupés en brosse... Frederiksen, le gars de la sécurité de la NSPA. Il passa à côté d'elle sans lui accorder un regard et se mit dans les pas de Grangé.

MERCREDI

I.

Nicky Roeder n'avait pas le choix. Contrainte et forcée, elle passa la journée de mercredi confinée dans son appartement. Elle ne confierait donc pas cette fois Lea aux bons soins de madame Da Silva et la garderait à ses côtés, bien décidée à la dorloter. Les progrès qu'avait faits cette petite en quelques semaines étaient extraordinaires. Non seulement Lea marchait, mais elle manipulait ses jouets avec une habileté toute nouvelle. À midi, Nicky lui prépara son repas, un luxe qu'elle ne pouvait que rarement se permettre. Et par solidarité, elle se soumit elle-même au menu carottes. À part la lessive, au terme de laquelle elle laissa en tas le linge à côté du séchoir, ce fut une journée de repos. Les maux de tête avaient disparu comme par miracle et seule cette petite cicatrice qui lui tirait à l'arrière du crâne lui rappelait encore sa mésaventure du week-end précédent.

Pourtant, en réalité, Nicky Roeder était loin d'être apaisée. Ce qui la tourmentait, c'était moins les remontrances auxquelles elle avait eu droit que l'impression d'avoir abandonné au milieu du gué une enquête dont, contre toute raison, elle se sentait responsable. Cette histoire ne pouvait pas se terminer ainsi, en cul-de-sac !

Il y avait autre chose. Une chose qui, depuis son entrevue avec Grangé, l'inquiétait un peu. Les types qui les avaient détenus, ils couraient toujours. Ni la PJ ni le SREL n'avaient l'air de savoir exactement à qui on avait affaire. Deux ou trois petits malfrats ? Un réseau international ? Des terroristes ? Et s'ils cherchaient à se venger de leur échec ? Ces derniers mots du boxeur, « sale chienne », c'est bien à elle qu'ils étaient adressés... Si Grangé bénéficiait d'une sorte de protection rapprochée, c'était loin d'être son cas à elle !

Dans la soirée, alors que la petite dormait depuis une heure, Nicky regagna son lit, bien décidée à s'endormir elle aussi, mais il lui fut impossible de s'assoupir. Les yeux grands ouverts, elle fixait le plafond, puis les chiffres de son réveil digital qui défilaient lentement. De temps à autre, les points de suture qui la démangeaient achevaient de lui rappeler sa mésaventure. Elle sursauta quand une voiture klaxonna dans la rue, puis lorsqu'elle perçut des bruits dans la cage d'escalier de l'immeuble... mais ce n'était sans doute que le fonctionnaire du deuxième qui regagnait ses pénates. Les minutes passèrent ainsi.

Il était presque minuit et la fatigue semblait être sur le point d'emporter Nicky. Soudain, dans un demi-sommeil, une image lui revient en mémoire. C'était celle du van qu'elle avait aperçu, garé à l'abri de la grange. Un détail lui avait alors échappé : faiblement éclairé, il y avait sur la portière de celui-ci un petit autocollant que la couleur jaune faisait ressortir dans la nuit tombante. Le logo d'un garage, d'un revendeur de voitures ?

Alors qu'elle se jurait de tirer ça au clair, ses paupières se fermèrent et elle s'endormit enfin.

JEUDI

I.

Quatre jours, avait dit le médecin.

Quatre jours en comptant le dimanche… donc retour jeudi.

Forte de cette déduction, Nicky se rendit au travail un jour à l'avance, feignant d'ignorer la date de fin de congé pourtant clairement indiquée sur son certificat de maladie.

Par bonheur, le commissaire Schartz était absent, en cure à Mondorf. Et Berend qui, comme d'habitude, semblait débordé ne vit rien à redire à la présence de sa collègue. Ils échangèrent quelques mots, il sortit même de sa bougonnerie habituelle pour s'inquiéter de son état de santé, puis profitant de ce que le téléphone sonnait, Nicky fila s'installer à son bureau et alluma son PC.

Elle n'avait pas oublié la promesse qu'elle s'était faite la nuit dernière : retrouver la signification de ce mystérieux logo. Elle se le remémorait assez bien : un rond jaune et une ligne noire qui devait être une lettre ou un symbole.

Elle parcourut sur Editus les garages et les entreprises de location de véhicules, des dizaines de pages, mais ni le descriptif ni le site de ces établissements ne présentaient le fameux logo.

La policière commençait à désespérer quand, vers midi, elle trouva enfin : oui c'était là... Autolux2000, une petite boîte de location du sud du pays... avec comme logo un cercle jaune encadrant une voiture stylisée sous la forme d'un trait noir.

Nicky saisit son portable et composa le numéro.

– Autolux, *Moien*. Damien à votre service.

L'homme avait une voix fluette, assez désagréable.

– Monsieur, bonjour. Vous louez bien des voitures ?

– Oui, en effet, c'est même notre unique activité, chère madame. Quel genre de véhicule recherchez-vous ? Nous pouvons vous proposer des Twingo E-Tech ou des Volkswagen Golf. Location à la journée ou à la semaine.

– Vous auriez quelque chose de plus gros ? Style 4x4 ou van.

– Oui, nous avons également un van Mercedes. Mais il est malheureusement indisponible pour le moment.

– « Indisponible », dites-vous ?

– Effectivement. On aurait dû me le rapporter aujourd'hui, mais je suis sans nouvelles.

– Il est bien noir ce van ?

– C'est exact.

– Je veux les coordonnées de celui qui vous l'a loué.

– Pardon ?

– C'est la police, Monsieur.

– Ah, dans ce cas... (il hésita) mais je préférerais m'assurer de votre identité avant de vous répondre.

– Je suis le brigadier Nicky Roeder. Je vais vous donner mon adresse mail auprès de la police. Merci de me transmettre une copie du permis de conduire qui vous a été présenté.

Il se résigna.

– Bien.

– Vous avez des caméras vidéo ?

– Oui, une à la réception, une autre sur le parking.

– J'ai besoin des images dont vous disposez et qui couvrent le moment de la location.

– Je vais voir ce que je peux faire.

– Faites-le !

II.

Midi.

Histoire de se changer les idées, Nicky Roeder sortit prendre l'air. Faire défiler ainsi ces centaines de pages l'avait fatiguée et avait réveillé son mal à la tête. Elle s'acheta un sandwich à la Belle Étoile et le mangea en se promenant dans la galerie.

Une fois revenue à son bureau, elle ouvrit avec impatience son ordinateur. Comme elle l'espérait, il y avait du nouveau dans sa boîte mail. Elle y découvrit un message laconique d'Autolux2000 :

« Voici les renseignements demandés. »

Suivaient un lien vers deux fichiers vidéo et la copie d'un permis géorgien au nom de Marian Dobrovolski. Le type sur la photo avait une sale tête. C'était probablement le gars qu'elle avait assommé dans la grange... Polichtchouk. Elle fouilla dans les bases de données à sa disposition et y découvrit sans surprise que si ce permis de conduire existait bien, il était celui d'un jeune conducteur de Tbilissi sans rapport avec la brute qui l'avait enlevée.

Elle examina ensuite les vidéos. Elles provenaient sans doute d'une vieille installation, car les images étaient pourries et en noir et blanc. Celles du bureau de location ne lui apprirent rien. On y voyait ledit Polichtchouk entrer, discuter avec l'employé, y remplir un document, puis repartir avec les clés. À part la confirmation de la pseudo-identité du loueur, ça n'apportait pas grand-chose.

Par contre, alors qu'elle parcourait rapidement la vidéo du parking, Nicky remarqua un détail curieux. On distinguait assez clairement une voiture qui stationnait un court instant devant l'entrée. La policière remonta une minute en arrière et vit cette voiture arriver, puis Polichtchouk en sortir. La passagère quitta à son tour le véhicule, le contourna et prit le volant avant de s'éloigner. Les images étaient mauvaises. Pourtant, cette personne lui disait quelque chose. Nicky Roeder sélectionna une vue où on l'apercevait de face, elle zooma, augmenta le contraste et diminua les ombres.

Elle avait déjà vu cette femme.

Oui. Elle la connaissait !

Il était 16 heures 30 lorsque Nicky Roeder se présenta au domicile des Grangé.

– Moien, Alicia.

Alicia Grangé offrit à Nicky Roeder son plus beau sourire.

– Ah ! Bonjour. Heureuse de te revoir.

– J'aimerais parler à ton mari.

– Bien entendu. Il est au salon…

Elle hésita un moment.

– Euh… c'est un peu délicat, mais ça t'ennuie si je le vois seul ?

Alicia eut du mal à dissimuler sa surprise, puis elle se reprit.

– Comme tu voudras. De toute façon, je préfère vous laisser. Toute cette histoire me met encore très mal à l'aise.

– Je comprends. On se reverra plus tard.

Charles Grangé était sur son divan, un verre d'alcool à la main. Il avait toujours ces vilaines marques jaunâtres sur le visage et paraissait très fatigué. D'un geste, il invita Nicky à s'asseoir avant de lui faire part de son étonnement.

– Depuis notre dernière rencontre, je vous croyais en congé.

– Je le suis, mais j'ai un doute et j'aimerais vous en parler.

– Vous m'intriguez !

– Depuis quand connaissez-vous votre ami Steenbrink ?

– Depuis toujours. Nous étions ensemble à l'unif, puis chez Price. Nous sommes entrés ensemble à la NSPA. À l'époque, on l'appelait la NAMSA. Nous étions toute une bande de copains, jeunes, célibataires, qu'est-ce qu'on a pris comme bon temps ! Et c'est Steve qui était le plus drôle et le plus sympa. Les autres sont partis, mais nous sommes toujours restés amis... Ne me dites pas que vous le soupçonnez de quelque chose !

Elle ne répondit pas.

– Et sa femme ?

– C'est tout récent. En fait, ils ne sont pas mariés. Ils vivent ensemble, c'est tout.

– Où l'a-t-il rencontrée ?

– En vacances, en Turquie. Du moins, c'est ce qu'il m'a dit. J'ai toujours suspecté qu'il l'avait chopée sur Internet.

– C'était quand ?

– Il y a deux ans, pas plus. Pour tout vous avouer, je n'aime pas trop cette bonne femme.

– C'est quoi son nom exactement ?

– Ana Kovalenka. Elle est géorgienne.

– Vous lui parlez boulot à Steve ?

– Parfois. Un peu.

– De vos projets ?

– Ça a pu arriver, oui...

– Il en aura parlé à sa femme ?

Il fixa le vide un instant.

– Mince ! Oui, peut-être.

C'était donc ça !

Grangé quitta son siège et se mit à tourner en rond dans la pièce.

– Vous pensez que Steve est complice de quelque chose ?

– À son corps défendant peut-être, par maladresse, par négligence...

– Et pour ce qui est de sa femme ?

– Elle, certainement. L'enquête le confirmera.

– Vous allez les arrêter ?

Elle baissa les yeux.

– Je ne suis pas ici officiellement... En fait, je ne suis même plus en charge de cette mission.

Il sourcilla.

– Pourquoi êtes-vous là alors ?

Nicky se rendit compte qu'elle ne le savait pas trop elle-même. Sa curiosité, son incapacité à laisser des choses en état l'avaient de fil en aiguille mise dans cette situation. Elle ne savait que répondre.

– Je suis là parce que je ne voulais pas que tout se termine par un non-lieu, et je ne voulais pas non plus vous abandonner avec cette histoire non résolue.

– Alors, qu'est-ce qu'on fait ?

Elle fixa la bouteille de Cognac posée sur la table. Elle avait diablement envie de se servir un verre.

– Je pense que je ferais bien d'informer mes supérieurs. Il est certain que je vais en prendre pour mon grade. Ça ne va pas rater, je ramasserai un blâme... mais au moins ils seront au courant et j'en aurai fini avec cette affaire !

IV.

Le commissaire Schartz était furieux et son crâne chauve avait viré au rouge. Nicky avait eu beau aménager son récit pour en faire une succession de découvertes dues au hasard, son supérieur n'était pas dupe.

– Cette fois-ci, ma petite Nicky, tu es bonne pour l'Inspection centrale et une mise à pied ! Je t'avais pourtant prévenue.

Elle baissa les yeux.

– Je sais, c'est plus fort que moi, mais reconnaissez quand même que je...

Il la coupa.

– Tu avais clairement instruction de ne plus te mêler de ce truc. Sans expérience aucune, tu as mené ta petite enquête en parallèle. Tu aurais pu par maladresse foutre en l'air le travail de ceux qui sont réellement chargés du dossier.

– Depuis qu'on a retrouvé Charles Grangé et mon séjour à l'hosto, je ne les ai croisés à aucun moment. Je ne suis pas certaine qu'ils s'occupent vraiment de cette affaire.

– Tu n'en sais fichtrement rien !

Il tapota nerveusement sur son bureau et elle se tut. Finalement, il reprit d'une voix basse, plus calme.

– Le mieux que tu aies à faire, c'est de contacter le responsable de l'enquête à la PJ, à savoir le commissaire Araujo.

– La PJ ? Mais je croyais qu'ils avaient laissé tomber et que c'est le SREL qui reprenait cette affaire ?

– Bien sûr que non ! La PJ est toujours dessus.

Il secoua la tête de dépit.

– Tous ces services se font la guéguerre. Et plus on en crée, plus ça s'empire !

Puis, réfléchissant à voix haute.

– Éventuellement, passe par son subordonné, l'inspecteur Tedesco, ça permettra peut-être d'arrondir les angles.

– Bien.

Prenant une voix grave, le commissaire conclut.

– J'espère que tout ça n'aura pas de conséquence en ce qui te concerne. On en a révoqué pour moins que ça !

Révoquée ? Virée de la police ! Non, pas ça !

Nicky Roeder pâlit. La perspective de voir tous ses rêves s'effondrer la dévasta littéralement. Elle ne répondit pas et se leva.

Schartz vit qu'elle avait les larmes aux yeux et alors qu'il la regardait quitter son bureau, il s'en voulut d'avoir été si dur.

V.

En se rendant à la police judiciaire, la jeune femme avait la forte impression de monter à l'échafaud, partant mettre d'elle-même un terme à sa carrière.

La PJ avait son siège sur le plateau du Hamm, dans un bâtiment moderne tout proche du crématorium. La boule au ventre, Nicky Roeder pénétra dans l'immeuble vitré et se présenta à la réception.

– Je suis le brigadier Roeder. J'aimerais voir l'inspecteur Tedesco.

– Vous avez rendez-vous ?

– Non.

– Je vais vérifier s'il est disponible.

La réceptionniste eut un bref échange au téléphone, puis elle se tourna vers la jeune femme, la main posée sur le combiné.

– C'est à quel sujet ?

Elle répondit d'une voix mal assurée.

– L'affaire Grangé, la NSPA.

Nouvel échange, plus bref, cette fois.

– Il va vous recevoir, veuillez patienter.

Un type qu'elle ne connaissait pas vint la chercher. Jeune, sans doute d'origine portugaise, il ne prit pas la peine de se présenter et se contenta d'un « Suivez-moi ! ».

Trottinant derrière lui dans les couloirs, elle tenta d'engager la conversation.

– Je suis le brigadier Nicky Roeder, c'est moi qui...

– Je sais qui vous êtes. Sandro Tedesco vous attend en salle de réunion.

Quand ils y entrèrent, l'inspecteur Tedesco ne dit pas un mot, il se contenta d'indiquer à Nicky un siège de l'autre côté de la salle. Il pianota sur le MacBook qu'il avait ouvert devant lui tandis que son collègue sortait son stylo et un calepin.

Un silence gênant s'installa. Finalement, n'y tenant plus, Nicky se lança.

– Voilà... Je pense que j'ai identifié le véhicule qu'ont utilisé les kidnappeurs.

Froncement de sourcils.

– Ha ?

– Oui. C'est un véhicule de location de la société Autolux2000. Je peux vous en donner la plaque.

– Magnifique ! fit Tedesco, sarcastique. J'imagine que vous allez nous présenter sur un plateau le nom, l'adresse et le CV des ravisseurs ?

La petite Nicky qui jusque-là n'en menait pas large, sentit le rouge lui monter aux joues. Pour qui ces types se prenaient-ils ? L'ironie de Tedesco suscita alors chez elle une brusque montée de colère qu'elle eut du mal à contenir.

– Ça vous intéresse que je continue ? Oui ou non ?

Elle avait dit ça plus vivement qu'elle ne l'aurait voulu. Tedesco sursauta, puis réprima un sourire.

– Bon, allez-y.

– Bien... Monsieur Grangé à un ami, Steve Steenbrink.

– Nous l'avons interrogé. Il est clean.

– Lui, peut-être... mais en aucun cas sa copine !

– Quelle copine ?

– Une certaine Ana Kovalenka. Qui traîne chez lui depuis deux ans. Une Géorgienne.

– Qu'est-ce qui vous fait penser qu'elle est mêlée à ça ?

– Grangé n'exclut pas que son ami, qui connaissait très bien ses activités, ait mis au courant sa compagne.

– Oui, et alors ?

– J'ai une vidéo dans laquelle on voit celle-ci en compagnie de l'un des ravisseurs !

– L'un des ravisseurs ?

– Politchouk, le type que j'ai frappé.

– C'est quoi cette histoire de vidéo ?

– Les caméras de surveillance de la boîte qui leur a loué le van.

Tedesco la fixa. Il avait perdu le petit air moqueur qu'il affichait depuis le début de l'entretien. Après un court instant de réflexion, il se tourna vers son collègue.

– Nuno, tu pourrais aller me vérifier si on a quelque chose sur cette Kovalenka ?

Le second policier quitta la salle de réunion.

Son absence dura quelques minutes pendant lesquelles Tedesco agita nerveusement son stylo.

Quand son collègue revint, ce fut pour déposer une feuille A4 sous les yeux de son supérieur. Celui-ci la lut d'une traite, puis il adressa à Nicky un regard inquisiteur.

– Ana Marina Kovalenka, 36 ans, nationalité géorgienne, résidant à Capellen depuis un an et demi. Pas de casier. Pas d'avis de recherche. Permis de séjour en règle… Vous êtes certaine de ce que vous avancez ?

– *Todsicher* [1] ! Je peux vous transmettre la vidéo en question.

---

[1] Sûr et certain !

À la surprise de la jeune femme, Tedesco se leva, referma son MacBook et lança à son collègue.

– Bon, on y va !

– Et le SREL ? interrogea ledit collègue.

– On les appellera en cours de route !

Nicky Roeder ne savait comment réagir.

– Mais et moi, je fais quoi ?

– Vous ? Vous retournez dans votre petit commissariat et vous n'en bougez plus ! Et vous avez intérêt à ne pas nous avoir raconté des bobards.

Et ils la plantèrent là...

VI.

Nicky Roeder retourna donc au commissariat. Elle se rongea les sangs tout l'après-midi, attendant comme une libération un signe de vie de Tedesco ou la convocation chez son patron.

Cependant, ce dernier resta dans son bureau, porte close, rivé à son téléphone. Quand Nicky tenta prudemment de s'y introduire, Schartz l'envoya balader.

Vers 17 heures, le poste de la jeune femme sonna. Un numéro masqué. Elle décrocha, inquiète.

– Ici, c'est Tedesco.

Elle avala sa salive... soit elle avait vu juste... soit elle s'était plantée sur toute la ligne et son compte était bon !

– On a retrouvé le véhicule que vous nous aviez signalé, ce van Mercedes.

– Ah ?

– Sa carcasse incendiée se trouvait dans un bois du côté de Saarbrücken. Comme elle avait une plaque luxembourgeoise, les pompiers allemands nous ont prévenus.

Elle n'avait donc pas rêvé. Nicky reprenait confiance en elle.

– Et cette voiture, on a pu en tirer quelque chose ?

– En quelque sorte. Il y avait un corps à l'intérieur, probablement celui de ce Polichtchouk. L'analyse ADN le confirmera. Visiblement on a préféré se débarrasser de lui. Il était sans doute devenu gênant.

– Et maintenant, qu'est-ce qu'on fait ?

– La piste s'arrêtera là et nous ne saurons probablement jamais qui était derrière tout ça. En tout cas, en ce qui nous concerne, l'affaire est close.

– Close ? Mais, et Ana Kovalenka ? La copine de Steve Steenbrink ?

– Oui, j'oubliais. Cette dame a filé en douce. Elle a été signalée hier sur un vol Lufthansa à destination de Tbilissi. Puis elle s'est évaporée dans la nature. Vérification faite, les autorités géorgiennes connaissent Ana Kovalenka, celle du passeport, mais elle est décédée depuis deux ans. La nôtre est un fantôme.

– Et pour Steenbrink ? Il y aura des suites ?

– Ce n'est pas notre problème, je ne vois pas ce que nous aurions à lui reprocher. Il n'est pas le premier à se faire entuber par une jolie Slave. C'est à la NSPA de s'occuper de ça.

– Je vois...

Pas de suites, donc... Nicky était amère, amère au point que Tedesco lui-même s'en rendit compte.

– Je comprends votre frustration. Mais vous devrez vous y faire, jeune fille. Si un jour quelqu'un trouve le fin mot de cette affaire, ce sera notre SREL, Europol ou plus probablement la CIA. Une chose est certaine, ils ne nous tiendront pas au courant !

Nicky ne sut que répondre.

– Voilà ! Au plaisir, Mademoiselle Roeder.

Oui, elle devrait s'y résoudre. Il resterait toujours dans l'enlèvement de Charles Grangé une part d'ombre. Mais Grangé était libre et grâce à ce succès relatif, elle avait sans doute sauvé sa propre carrière, n'était-ce pas le plus important ?

ÉPILOGUE

Charles Grangé essuya la buée sur la glace de la salle de bains et examina son visage.

Les vilaines cicatrices s'estompaient, dans quelques jours, elles auraient totalement disparu... mais rien par contre ne viendrait effacer le souvenir des heures épouvantables qu'il avait vécues. La vérité, c'est que lorsqu'il était entre les pattes de ces sales types, il s'était vu mourir. Fin du film. Terminé. En ces circonstances, tous ses petits soucis, argent, appartement, boulot n'avaient plus pesé bien lourd. La seule chose qui comptait maintenant c'était de vivre. Comment avait-il pu penser que cet enfant que voulait Alicia était une sorte de piège ?

Tout bien réfléchi, ce gosse, il le voulait aussi.

Le bureau du commissaire Schartz était comme souvent surchauffé, et pourtant Nicky ne put s'empêcher de frissonner. Tassée sur son siège, elle attendait la sentence.

Le commissaire fit sa grosse voix et prit son ton le plus officiel.

– Nicky Roeder, vous aurez droit à deux mentions dans votre dossier, l'une déplorant votre ignorance des instructions et des compétences respectives de nos différentes directions (il marqua une pause), l'autre mentionnant votre utile contribution à la libération de Charles Grangé !

– Alors, je ne suis pas virée ?

– Bien sûr que non !

Il se leva et l'emmena vers la kitchenette, puis la main sur son épaule, il se fit paternel :

– Tu es un drôle de numéro, ma chère Nicky ! Tu es pour moi une faiseuse d'emmerdements, mais tu as du flair et tu es tenace. Assume cet écart et accroche-toi... Plus tard, si tu sais plus ou moins rester à ta place, tu feras une bonne enquêteuse. Je vais bientôt partir, et je peux te dire que des gens comme toi on en a besoin dans la police. Moi en tout cas, j'en ai manqué !

Quand ils arrivèrent dans le coin cuisine, Rui et Mike les attendaient, un sourire sur les lèvres.

Le commissaire Schartz sortit une bouteille de Rivaner du frigidaire.

– Je vous rappelle que la consommation d'alcool est interdite dans l'enceinte du commissariat, sauf autorisation du supérieur hiérarchique... Je suis le supérieur hiérarchique !

Et il déboucha la bouteille.

Dans l'aéroport international Shota-Rustaveli, une jeune femme venait de sortir des toilettes. Brune, les cheveux mi-longs, des lunettes. Personne n'aurait reconnu l'Ana Kovalenka qui deux ans auparavant avait été mise bien à propos sur le chemin de Steve Steenbrink. Nouveau look, nouvelle identité. Le passeport précédent avait disparu dans la cuvette des toilettes. Les informations extorquées à Charles Grangé étaient arrivées à bon port. La jeune femme ignorait tout de ses clients. Les Russes, peut-être, à moins que ce ne soient les Chinois ou les Iraniens. Mais c'était sans importance... Dans un monde en ébullition, il fallait être capable de tirer profit de toutes les opportunités. Son compte monégasque avait été crédité de la somme convenue et cela seul importait.

À PROPOS DE L'AUTEUR

Historien, scénariste et dessinateur de bandes dessinées, Pierre Decock s'est lancé en 2007 dans le roman policier et le thriller. Il remporte alors avec « *Toccata* » le prix des lecteurs de la Grande Région. Peu après paraissent les premières aventures de Joao Da Costa, un jeune inspecteur luxembourgeois confronté dans « *De profundis* » à un insaisissable tueur en série. D'autres polars ont suivi, mêlant suspense, humour et mystère. La plupart ont pour cadre le Luxembourg, un pays que l'auteur connaît bien, puisqu'il y vit depuis plus de 30 ans.

DANS LA MÊME COLLECTION

Didier Debord, *Il vous faudra vivre avec...*

Gaston Zangerlé, *La pègre et la boxeuse*

Monique Feltgen, *Das Rousegäertchen-Komplott*

Pierre Decock, *Victor. De l'autre côté du mur*

Hauke Schlüter, *Tod in Belval*

Werner Giesser, Die Gutland-Morde

À paraître

Pierre Decock, *Le moine à la boucle d'oreille*

Monique Feltgen, *Schatten über Diekirch*

Gaston Zangerlé, *Le cadavre du Saut d'Acomat*
suivi de *Exécution à Trois-Rivières*

Hauke Schlüter, *Rost*

www.ingramcontent.com/pod-product-compliance
Lightning Source LLC
LaVergne TN
LVHW041039150826
845672LV00001B/387

* 9 7 8 2 9 1 9 9 6 8 4 2 8 *